現代女性作家読本 ⑬

よしもとばなな

BANANA YOSHIMOTO

現代女性作家読本刊行会 編

鼎書房

はじめに

本現代女性作家読本シリーズは、二〇〇一年に中国で刊行された『中日女作家新作大系』（中国文聯出版）全二〇巻の日本方陣に収められた十人の作家を対象とした第一期全十巻を受けて、小社刊行の『現代女性作家研究事典』に収められた作家を中心に、随時、要望の多い作家を取り上げて、とりあえずは第二期十巻として、刊行していこうとするものです。

しかし、二十一世紀を迎えてから既に十年が経過し、文学の質も文学をめぐる状況も大きく変化しました。それを受けて、第一期とはやや内容を変え、対象を純文学に限ることをなくし、幅広いスタンスで編集していこうと思っております。また、第一期においては、『中日女作家新作大系』日本方陣の日本側編集委員を務められた五人の先生方に編者になっていただき、そこに付された解説を総論として再録するかたちのスタイルをとりましたが、今期からは、ことさら編者を立てることも総論を置くこともせずに、各論を対等に数多く並べることにいたし、また、より若手の研究者にも沢山参加して貰うことで、柔軟な発想で、新しい状況に対応していけたらと考えています。

既刊第一期の十巻同様、多くの読者が得られることで、文学研究、あるいは文学そのものの存続のための一助となれることを祈っております。

現代女性作家読本刊行会

目次

目次

よしもとばなな

「満月」論――〈伊豆〉のみかげと〈山麓〉の雄一――

山田吉郎

よしもとばななの「満月」は、第六回「海燕」新人文学賞受賞（受賞作「キッチン」）の受賞後第一作として「海燕」一九八八年二月号（2月1日発行）に発表された。また単行本『キッチン』（88年1月30日、福武書店）に収録された（当時の筆名は吉本ばなな）。「満月」には「キッチン2」と副題があるが、この作品は「キッチン」のプロットのその後を書いたものであると同時に、ある意味でもう一つの「キッチン」とも言えるような型の類似を感じさせ、その底流するモチーフとは何かを併せて考えてみたい。（引用は単行本『キッチン』による。）

さて、「キッチン」と「満月」を並べてみるとき、両作品とも最後の肉親の死から語り出されている。「キッチン」の場合はみかげの祖母の死であり、「満月」の場合は雄一の母（ほんとうは父）えり子の突然の死であるが、それぞれにおいて、残された者は心に痛手を負い、他者との出会いの中でやがて前を向いてゆく姿が描かれている。ただ、「キッチン」のみかげと雄一の関係には独特の透明性が付与されていたのに比べ、「満月」に至ると、現実感といったものが前に押し出されてくる印象がある。それが端的に見られるのが、みかげと雄一、それに雄一の大学のクラスメートの奥野という女性との一種の三角関係である。とくにみかげが奥野に向かって、これ以上言うのなら〈泣いて包丁で刺したりしますけど、よろしいですか。〉と言い放つ場面は、印象が強い。この場面について木股知史が『イエローページ　吉本ばなな』（99年7月、荒地出版社）で、〈みかげと雄一の独特の関係が、説得的に展開されずに、世俗と同じ攻撃性によって守られている点で、ここは「満月」という作品のアキレス腱が露出した場所だといってもよいかもしれない。〉と記しているのは示唆に富む。この「アキレス腱」を露出させる伏流水として主人公桜井みかげの側の情意の水位の上昇を指摘できるかもしれない。親を亡くしたばかりの雄一の孤独とは対照的に、「満月」における桜井みかげの情意と行動は意外に直線的である。

「満月」のプロットは、雄一からの電話によってえり子の死を知ったみかげが、雄一のマンションへ行き、雄一の心をいたわる形で動き出す。えり子の死からひと月酒を飲み続けていた雄一の苦しみが語られ、雄一はみかげに、〈今日が終わらないといいのにな。夜がずっと続けばいいんだ。みかげ、ずっとここに住みなよ。〉とつぶやく。これ以降プロットが恋愛的な道筋をたどるように思われる。こののち奥野とのやりとりや、ちかちゃん（えり子のゲイバーのチーフ）との会話を通して雄一の苦しみなどが語られるが、この小稿では以下、「満月」のラストに近くみかげがカツ丼を携えてはるばる雄一のところを電撃的に訪れる場面を考えてみたい。

仕事（みかげは料理の先生のアシスタントをしている）で伊豆に出かけた最初の夜、みかげは空腹に襲われ駅の近くの「めし屋」にはいる。そこで〈何か思い切り重いものが食べたくて〉カツ丼を注文し、ついで雄一の泊まっている宿に電話をする。雄一は一昨日の夜みかげを見送った後、どこかへ行ってしまいたいと思い、ちかちゃんに教えられた宿へと出かけていたのである。電話で雄一は〈山の上に神社があって、それが有名かな。ふもとはずっと御坊料理とかって言って、とうふ料理を出す宿ばっかりで、ぼくも今夜食った。〉と言い、さらに〈ちかちゃんはとうふ好きだから嬉々としてここを紹介してくれてさ、確かにすごくいい宿なんだ。窓が大きくて、滝みたいなのが見えて。でも、育ちざかりのぼくは今、カロリーが高くて、油っこいものが食いたいよ。……不思議だな。同じ夜空の下で今、2人ともおなかをすかしているんだからな。〉と思いを告げる。

ここはこの物語の重要なところで、二人の心のかつえているものの共有をモチーフとし、ともに肉親の死からの立ち直りを描く「キッチン」と「満月」が連結して書かれなければならなかった事情をものぞかせる。

私のカンはその瞬間、ぞっとするほど冴えていた。私には手にとるようによくわかった。

2人の気持ちは死に囲まれた闇の中で、ゆるやかなカーブをぴったり寄りそって回っているところだった。しかし、ここを越したら別々の道に別れはじめてしまう。今、ここを過ぎてしまえば、2人は今度こそ永遠のフレンドになる。

このみかげの思いと、運ばれてきたカツ丼の感動的と言っていい味が、みかげを常識はずれの大胆な行動へと駆り立てる。持ち帰りのカツ丼を携え、深夜はるばる雄一のいるI市までタクシーを飛ばしてゆくのである。

ところで、ここでみかげが向かうI市の風景が興味深い。山上の神社が有名で、麓に豆腐料理を出す旅館が並んでいる場所であり、なおかつ伊豆からは通常タクシーでは行かない所である。〈小さな神社の鳥居がいくつも、いくつも〉あり、〈山に続くケーブルカー〉が見えるという。地名は明示されていないので、あくまでも推測だが、一つの可能性として神奈川県伊勢原市の相模大山山麓が浮かび上がってくるであろうか。そこには江戸時代の大山詣りで有名な大山阿夫利《あふり》神社があり、麓は大山豆腐で知られる土地柄である。もとより地名は伏せられてはいるのだが、「I市」という表記には、多少とも分かる読者には分かるように配慮されているような気がする。

ともあれ、雄一が逃れるように出かけた先が、山岳信仰の根づく山麓だという点に注目したい。ここに一種の隠遁的なにおいを認めてもあながち的はずれではないような気がする。かつてみかげが暗い台所に響く冷蔵庫の傍らに寄る辺を見出したように、雄一の場合も現《うつつ》を逃れるように山岳信仰の根づく地に流れてきたのであろう。雄一はちかちゃんに紹介されるままにこの山麓にやってきたと語っているが、それだけではあるまい。そして、みかげとの電話で雄一は、その地の豆腐料理に、〈育ちざかりのぼくは今、カロリーが高くて、油っこいものが食いたいよ。〉と索漠とした思いを抱いているが、この言葉も思いがけなくみかげから電話がかかってきたために出てきたものかもしれず、それ以前の雄一はその精進料理に心の沈潜を託していたのかもしれない。

やがて、みかげが乗ったタクシーはI市にはいる。その深夜のI市の風景描写は、短いが印象深いものである。

深く沈んだ暗い街並の民家の屋根にまざって、小さな神社の鳥居がいくつも、いくつもあった。細い坂道をぐんぐん登ってゆく。山に続くケーブルカーの線が闇に太く浮かんでいた。

いくつもの鳥居をくぐり、坂道を登ってゆく先に、雄一が孤独に耐えているのである。むろん鳥居をくぐることに特別な意味を付与する必要はないであろうが、一種の澄んだ空間へと向かいつつある山気のようなものは感じられるであろう。それはまた無言の寂寥と、山裾の宿にとどまる雄一の魂の沈潜をも暗示しているであろう。

このの ち雄一の宿にたどり着いたみかげの奮闘ぶり（戸締まりが厳重なため旅館の屋根へと登ってゆく）を経て、みかげと雄一はカツ丼をなかだちとして、心の深いところで触れ合ってゆく。

雄一の笑顔はぴかぴか光り、私は自分が〝何か〟をほんの数センチ押したかもしれないことを知る。

みかげの大胆な行動は、伊豆からI市へと遠距離を一気に移動したものであると同時に、いくつもの鳥居をくぐり山気の清澄な場へと登ってゆくという垂直的な志向をも併せもつ形で構成されていると思われる。

「満月」は、肉親の死を契機としたみかげと雄一の心の推移を合わせ鏡的に描出したものだが、今まで述べたように終結部のみかげの大胆な行動はモチーフ展開の軸をなしている。とくに山岳信仰の根づく空間を登ってゆくという構想には、心象の濾過と、雄一の側の深い寂寥が看取され、やや視点をひろげれば、よしもとばななの文学の一種神秘的な感覚やモチーフとも繋がるものであろうと思われる。

（鶴見大学短期大学部教授）

「ムーンライト・シャドウ」

――〈偶然〉の〈ハシゴ〉を上り詰める物語――

角田敏康

「ムーンライト・シャドウ」は、吉本ばななとして「キッチン」で第六回「海燕」新人文学賞を受賞する以前、一九八七年度の日本大学芸術学部文芸学科の卒業制作として書かれ、芸術学部長賞を受賞した作品だ。その後、「キッチン」の続編である「満月―キッチン2」とともに、八十八年に刊行された小説集『キッチン』（福武書店）に収録され、作家となる以前の作品が世に出た珍しいケースとして注目を浴びた。しかし「ムーンライト・シャドウ」を、作家となる以前の未熟な作品だとして、ばななの文学の原点は「キッチン」であるとする声が多い中、高根沢紀子は、当時はまだ吉本真秀子であったばななの卒業制作の副論文「MAKING OF〝MOONLIGHT SHADOW〟」から、〈何故小説を書くか、何を言いたいのか、という自問に対する答〉となる部分を引いて、〈まさに「ムーンライト・シャドウ」はばなな文学の〈原点〉であ〉り、〈大学4年の春に映画製作を手伝った真秀子はその仕事を体験する中でそのスタッフの一人と〉恋をし、〈ただの友人同士になってしまった〉ことで迎えた〈一つの恋の死〉はさつきと重なることを挙げ、「ムーンライト・シャドウ」は〈ばななの「感傷」の物語でもあった〉（「吉本ばなな「ムーンライト・シャドウ」論―さつきの〈感傷〉／ばななの〈感傷〉」「作新国文」9、99）と指摘している。

物語の概要はこうだ。主人公さつきの恋人である等と、等の弟である柊の恋人、ゆみこが交通事故で同時に命を落とした後、さつきは〈しぼんだ心にはりを持たせる手段〉としてジョギングを始め、柊はセーラー服を身につけている。ある日、ジョギングの折り返し地点であり、等との思い出の場所である橋の上で、うららという女性に出会い、〈七夕現象〉という〈百年に一度の見もの〉があると教えられる。等が死んでから〈息の根が止まるかと思うくらい苦しんだ〉さつきは、番号を教えていないにもかかわらず電話をかけてきたり、家の場所が分かったりする不思議な存在であるうららにすがるように、〈七夕現象〉が起こるという日、夜明け前の橋へと赴く。〈星がひとつ二つ、消えそうにほの白く、ちらちらと青磁の空にまたたいてい〉る。すると川の向こうに等の〈かげろう〉が現れ、最後のお別れが叶う。同じ朝、柊の部屋にはゆみこが現れ、セーラー服を持っていく。こうして〈ひとつのキャラバンが終わり〉、〈私は行きます〉と、さつきは再び歩み始める決意をする。

ばななは父である吉本隆明との対談の中で、〈「やはり死そのものよりも心が癒されてゆく過程を描くことに興味がある」〉（『吉本隆明×吉本ばなな』ロッキングオン、97・2）と発言しているが、「ムーンライト・シャドウ」も等の〈死そのもの〉ではなく、等の死によって受けたさつきの悲しみが、〈癒されてゆく過程〉に焦点が当てられている。作中では〈七夕現象〉に至るまでの過程を〈後から思えば、運命はその時一段もはずせないハシゴだった。〉と表現しており、〈私はもうここにはいられない。〉と等との日々に別れを告げたことによって喪失からの〈癒〉しは果たされたように読めるのだが、〈癒されてゆく過程〉としての〈ハシゴ〉の頂点に、果たして〈七夕現象〉はふさわしいだろうか。〈心が癒されてゆく過程〉を描いた小説としては、〈七夕現象〉などという飛び道具の使用は力量のなさを露呈する「逃げ」と取られてしまうのではないだろうか。

登場人物がある困難に直面する時、作家にも同じほどの困難が与えられると言っても良いだろう。この作品ならば、ばななには恋人と親しい人を同時に喪失するのと同等の苦しみが与えられ、それをいかに乗り越え、あるいはどう再生をしていくのかという困難が突きつけられるということだ。筆先のテクニックと神的な権限による登場人物の操りだけで安易に解決することなく、どのようにして登場人物を〈癒〉すか、まるで自らを〈癒〉していくように葛藤し、答えを見つけ、再び歩き始める気力を得ることが、作家の「力」のはずだ。ましてやばなも現実に〈一つの恋の死〉を経験しているのだから、予定調和や奇跡に導くのは浅はかだという批判は免れない。

また、〈他の人に言っちゃだめだよ。〉といううららの言葉をさつきに忠実に守らせ、悲しみを共有するはずの柊に兄と恋人に会えるかもしれない機会があることは伝えられない。その代わり、朝方の部屋でゆみことの再会が果たされ、彼は〈見てしま〉い、セーラー服を失うことで一つの区切りがつけられる。そして現実にセーラー服がなくなっているにも拘らず、〈大きな川の所でしか起こらない〉現象を〈手の内に呼び寄せた〉彼を、〈もしかしたらこの人はすごい人なのかもしれない〉と片付け、〈そういうことがあの日なら、あの朝の中でならあったかもしれない〉とさつきをすんなり納得させてしまっているのも、予定調和の感が否めない。そもそも物語を動かしているのは、うららのオカルト的な能力だ。教えていない電話番号や、家の場所を特定する〈けもののカン〉によって、さつきは〈七夕現象〉へと誘われ、都合よく運ばれていく。

前出の副論文では、「ムーンライト・シャドウ」はマイク・オールドフィールドの同名の曲が原型となっていることが明かされている。歌詞はそのまま〈七夕現象〉を想起させるものであり、つまり「ムーンライト・シャドウ」は、実は〈七夕現象〉を描きたかっただけの、それを〈ハシゴ〉の頂点に据え、そこへたどり着きたいがために順番にエピソードを埋めていっただけの物語なのではないかという疑念さえ浮かんでしまう。恋人の事故死から再生へと向かう日々を順番に、一つひとつを重要な要素として、合間に過去の挿話を補足しながら、まさに〈ハシゴ〉を一段ずつ上り詰めるようにして丁寧に語りながらも、最後の最後で飛び道具を使ってしまったことは、〈癒〉しという問題からばなな自身が目をそらしたということにはならないだろうか。

なぜ飛び道具を使用し、登場人物たちを奇跡に導いたのだろうか。もちろん作家としてデビューする前に書かれたものであるから、書き手として未熟だったということはあるだろう。しかし、臨床心理学者の河合隼雄と対談をした『なるほどの対話』（日本放送出版協会、02・4）の中にヒントがある気がする。ばななは〈山の中の石に刻んであるような話。「タイトルなし、著者名なし」といった感じの〉、〈誰が書いたかわからない、そういうものが書きたい〉とし、〈国籍も超えて、年代も時代も超えた作品になって〉、最終的には〈寓話みたいなところまでは行きたい〉と語っている。また、河合隼雄の〈必然でずっとつながって〉、〈うまく説明できる小説がいい〉というのはおかしく、「〈偶然〉の力」によって〈人はほんまに癒される〉というカウンセラー経験に基づく発言にばななも同意している。もしかすると、〈必然〉ではなく〈偶然〉を一段ずつ上り詰めた〈ハシゴ〉の頂点に〈七夕現象〉を置くことで、人の心の根底を普遍的に流れる〈年代も時代も超えた〉作品が目指されたのではないだろうか。〈七夕〉や、彼岸と此岸を象徴する〈川の向こうとこっち〉という設定は、〈国籍も超えて、年代も時代も超え〉て語り継がれてきたもので、日本人ならば誰の心にも深く根付いている。

だからこそ、多くの読者がこの作品を介し、心の中にいるそれぞれの等と対面を果たすことができたのだろう。これまで作品としての未熟さやストーリーの破たん、少女漫画的で稚拙だという批判もなされてきたが、作品に共感し、感動を得た読者が多いのも事実だ。そう、「ムーンライト・シャドウ」は、〈七夕現象〉の起きる大きな川そのものとなり得たと言える。ただし、うららの言葉を思い出してほしい。〈七夕現象〉は、〈人によっては全く見えない〉のだ。あなたは、〈「見た。」〉だろうか。

（現代小説研究家）

バナナ的エクリチュールが生産するバナナ的空間

――『うたかた』の恋と「海の底」――

李哲権

バナナの文学は睡眠の文学である。それはまるで眠りを培養するかのように自分専用の苗床を持っている。その苗床とはベッドではない。またソファーでもない。むろん、畳でもない。台所である。ベッドならぬベッド、ただ空間であるが故にベッドの資格を無理やりに簒奪して、睡眠の存在様態を装った場、それが台所である。

私がこの世でいちばん好きな場所は台所だと思う。（『キッチン』）

バナナ的空間は均質ではない。そこには核となる中心がある。神話的空間に聖と俗の区別があるように、バナナ的テクストには特権的な空間がある。台所は母性的なものと結びついた女性的な空間であり、生命の空間である。人間の生に必要なあまたのエネルギーは、いずれもそこから生産される。したがって、そこは空間の中にまぎれこんだ乳房であり、子宮である。だから、「私」は田辺家に拾われた後も、そこの台所の傍で眠るのである。

私は毛布にくるまって、今夜も台所のそばで眠ることがおかしくて笑った。（中略）でも、台所があり、植物がいて、同じ屋根の下には人がいて、静かで……ベストだった。ここは、ベストだ。（『キッチン』）

眠ることは、太古の昔から「小さな死」と見なされてきた。だから、「私」が毎日台所で眠ることは、単なる睡眠ではなく、いつか必ず到来するであろう「大きな死」を迎えるための準備であり、訓練であり、慣れである。

いつか死ぬ時がきたら、台所で息絶えたい。（『キッチン』）

哲学に生の哲学があるように、文学にも生の文学がある。バナナの文学はまさにそのような文学である。家という特権的な空間にさらに特権的な場所として、台所を穿ち、そこに睡眠を確保することで、その文学は単なる睡眠の文学ではなく、強度を増した生の文学となる。なぜなら、睡眠は精神の生が営む「生への意志」の運動だからである。

その意味で、「私」の睡眠は一つの失われた記憶を取り戻すための儀式である。あの遥かな神話の世界に穿たれた山の麓の巣穴で眠った記憶を呼び覚ます儀式である。したがって、「私」の台所での睡眠は、あの太古の睡眠の模倣であり、反復である。「私」はこの模倣と反復を忠実に生きるために台所を選び、台所はそのような「私」の忠実さに応えるために、「私」を抱きしめ、「私」を眠らせてくれる。そして「私」に母を返してくれる。いってみれば、台所は食事を作る母の手が揺する揺り籠なのだ。バナナ的想像力はその多感な皮膚の下にもっとも深い根源を有している。それは、母の愛というユングの集合無意識にも似た「神話素」のようなものである。彼女の想像力はこの根源に接木される時、そのエクリチュールは豊穣を見込まれた聖なる労働となる。

バナナ的エクリチュールが神話的性格を多分に帯びた空間、たとえば川や海に異様な興味を示すのは、その背景にそのような神話的思考が働いているからである。

アンデルセンの『人魚姫』の書き換えといわれる『うたかた』も、バナナ的エクリチュールが有しているそのような「習慣《ハビトゥス》」から流出（Emanatio）してきたものである。想像力による創造ではなく、言い古された童話の再話を好んで請け負うバナナ的エクリチュールは、童話という原世界（Urwelt）から聞こえてくる神話的物語の世界におもむく時、その文学は自分の経験を語る「告白の文学」ではなくなる。「引用の文学」、しかし決してパロディーにはならない、素直で温和な文学になる。いわゆる「置き換えの文学」、「還元の文学」になる。しかし、そのような文学は、「前存在」を意識せざるをえない「現存在」に、たえず苦痛を強いる窮屈で不自由な文学ではない。それは、創造とは違ったエクリチュールの快楽を与えてくれる「陶酔の文学」、「忘却の文学」である。

嵐とは一回キスしただけだ。

（『うたかた』）

『うたかた』は、この一行で始まる。あきらかに、この一文には主語が欠けている。キスの主体は「うたかた」として、まだ生まれていない。にもかかわらず、その誕生は約束されている。ただ、彼女は待たなければならない。「人魚姫」が十五歳になるまで海の底での生活を強いられているように、彼女は誕生の日を待たなければならない。ヴィーナスが海の泡から生まれてくるように、彼女は「うたかた」から生まれてくる瞬間を待たなければならない。だから、「うたかた」は彼女の存在様態である。ヴィーナスにとって泡が出生を約束された胎座であったように、「うたかた」は彼女の生の潜勢性を孕んだ子宮である。彼女は待っている、いつの日か、嵐がやってきて、「うたかた」の薄い皮膜に口付けして、それを破いてくれるのを。

しかし、「嵐」は空気の振動に身を乗せた風のようなものではない。それは固有名である。「嵐」は、『人形姫』のあの王子の船を転覆させた「あらし」ではない。「あらし」は固有名に身を宿した温和な暴風である。『うたかた』には猛威をふるう「嵐」は要らない。ただ乗り物風の「あらし」があればいい。つまり、「あらし」という固有名を授けてもらった子供を人の庭先に運ぶ機能を有した「嵐」があればいい。

したがって、「嵐」は自らの力で自らを人の庭先にまで運んでいく無形の運搬者＝車である。その運搬車から降りて、人の庭先に下り立つ時、彼は捨て子になる。その捨て子を、人は海の岸辺ではなく、庭の岸辺で拾い上げる。ファラオの娘が小さなモーゼを波間から拾い上げるように、人は庭という地上から拾い上げる。すると、ファラオの娘がモーゼを拾い上げたことで、『旧約聖書』が日の目を見るようになるように、人が庭先で「嵐」

という捨て子を抱き上げることで、『うたかた』が書かれるようになり、『人魚姫』が再話されるようになる。そして、「嵐」と一回だけキスをした「私」というキスの主体も誕生するようになるのである。

私にとっては現実の嵐のほうがずっと大切だ。瞳を見開き、心に海を抱いたままで、嵐と生きてゆこう。
私の名前は、鳥海人魚という。
とりうみ、にんぎょと読むのだ。
(『うたかた』)

『うたかた』の冒頭の文とは違って、ここには主語が産声をあげている。しかも、いかにもキスの主体の誕生を宣言する文らしく、「〜は」の後には強調の意味を示すコンマがついている。そして、「〜は」に導かれて、すばやく顔を覗かせるのは「鳥海人魚」である。さらに、何を案じてか、労をいとわず、丁寧に「とりうみ、にんぎょ」と読みまで付してある。あきらかに、これはいっぷう変わった名前ではなく、あまりにも変わった名前である。これには、「嵐」という名に施された工夫以上の彫琢が施されている。空を飛ぶ「鳥」と海を泳ぐ「魚」に両脇を固められた「私」の名前の真ん中には、その出生証明となる「海人」が刻印されている。「私」はあの父とあの母の遺伝子という「うたかた」のような種子からきたのではない。「私」の父はいつも旅に出ていて、たまにしか家に戻って来ない。ウラノスがたまにガイアに会いに来るように、たまにしか母に会いに来ない。「私」は未婚の母が生んだ子ではない。「私」は海からやって来た子である。あの万物の子宮なる海からやって来たのである。だから、「私」の名前には「海」がある。「海」というわれ等の文字の中に「母」があるように、「私」の名前の中には「海」がある。「私」が、「心に海を抱いた」存在なのはそのためである。

しかし、それにしても「私」の名前は当の本人がびっくりしてしまう程「とんでもない名前」である。だから、「私」は「私」の母にその由来を聞くのである。

「ねえお母さん、どうして私、こういう名前なの？」
「愛し合うお父さんとお母さんの想いをありったけ込めて、私たちの娘が地上の万物に愛されるように、って、鳥も海も人も魚も名前に入れちゃったの。そしてね、お母さんとしては、人魚には人魚姫のように、好きな人のために命さえ投げてしまうような女性になってほしっくてね」

（『うたかた』）

母に言わせれば、鳥も海も人も魚も「地上の万物」を代表する代名詞である。「私」の名前はこの「四元素」を融合する形で内包している。したがって、「私」が地上へと移行していく運命を背負わざるをえないのは、結局はこの名前のためである。にもかかわらず、「私」の恋は、地上の恋ではない。「海の底」の恋だ。

それでも嵐を好きになってから私は、恋というものを桜や花火のようだと思わなくなった。
たとえるならそれは、海の底だ。
白い砂地の潮の流れに揺られて、すわったまま私は澄んだ水を透けるはるかな空の青に見とれている。そこではなにもかもが、悲しいくらい、等しい。

（『うたかた』）

白い砂地でできた「海の底」、「私」はいまそこに座っている、そして「澄んだ水を透けるはるかな空の青に見とれている」。「海の底」、そこはあきらかに『人魚姫』が想起を強いる空間である。「私」の恋は、そこを舞台にしている。そのような「私」は思う、恋は桜や花火のように華やかなものではないと。「私」にとって、恋は「海の底」で営む生なのだ。したがって、桜の開花も花火の散華も、生命の爆発のイメージであり、生命の横溢の象徴である。バナナ的テクストはその証拠を『白河夜船』の結尾に刻印する。バナナ的想像力は、「海の底」という神話的な「砂地」の上に桜の花を咲かせ、その空に花火を打ち上げる。それは、エロスの神を讃える賛美歌の合唱であり、木霊である。バナナ的エクリチュールは、そのような合唱の吐き出す息の勢いを借りて、生命を宿した小さな風船のような「うたかた」を空高く（＝海の表面へと）吹き上げる。すると、人間の生は、まるで「人魚姫」の体がだんだんと溶け出して泡になり、空気の精になるように、無限に軽くなる。

「私」と「嵐」の恋、それはそのように無限に軽くなる「うたかた」の恋である。そして「うたかた」は、エロスのビッグバンを宿した熱気球のようなものである。それは「私」が「海の底」で見上げるはるか彼方の青い空に向かって浮き立ち、そしておもむろに舞上っていく。「嵐」の家の屋根（そこは、「私」と「嵐」が、「人魚姫」の泡への変身を模倣して、「布団」という魔法の絨毯を敷いて横臥の姿勢を演じる儀式の空間である）を越えて空高く舞上っていく。その時、「私」には「生の躍動」ならぬ「生の跳躍」を約束する「嵐」の帰郷が、「私」の父によって告げられるのである。

「来月にはおまえの大好きな嵐が帰ってくるってさ。」
――嵐が帰ってくる。
ゆるやかな歓喜が胸に押し寄せてきた。（『うたかた』）

『うたかた』は、『人魚姫』の単なる再話ではない。それは、軽さへの憧憬が折り畳んだ、あまたの生の襞がびっしりと敷きつめられた、隠喩の「海の底」のようなテクストである。『キッチン』の「台所」から始まったバナナの神話的想像力は、それ以上下りられない、もっとも低い所に辿りつく時、そこに「海の底」を発見する。「台所」と「海の底」、両者は差異を知らない空間である。バナナはその繊細な手で両者の間に等号という二本の細長い線を引く。すると、両者はお互いに何を共有しているかを直観的に理解する。睡眠と生命と恋、両者がその心の奥深い所で分かち合っているのは、そのような「永遠に女性的なるもの」である。だから、両者の心は、眠っている水を湛えた「海の底」のように、いつまでも深くて穏やかなのである。

（聖徳大学准教授）

『TUGUMI』論——故郷への憧憬——

相馬みな美

吉本ばななの「TUGUMI」が雑誌「マリ・クレール」に連載されたのは八八年四月から翌年三月までである。八九年三月に単行本として刊行された『TUGUMI』（中央公論社）は、同年第二回山本周五郎賞を受賞し、九〇年には市川準監督作「つぐみ」となって映画も公開された。海外での出版（英訳版は『Goodbye Tsugumi』）も重なり、世界的にもばななブームが訪れた。〈吉本ばななの読者は、その語りの緻密さに共感を覚えると同時に、読者の予想のみごとに裏を行く発想の奇抜さにある種の快感を感じているのは事実であろう〉（山田吉郎「吉本ばなな『TUGUMI』論」「日本文芸論集」99・3）と言われるように、語りの繊細さとその枠に捕らわれないつぐみのキャラクターが絶妙な調和をなしていること、それがこの作品の魅力なのである。

物語は西伊豆の土肥海岸を舞台に、少年少女の恋と別れを描いた青春小説である。語り手の白河まりあは大学進学を機に東京で両親と新しい生活を始めたが、従姉妹のつぐみからかつて暮らした山本屋旅館が廃業するという知らせを受け、最後の夏を過ごすために故郷の海辺の町へと帰ってくる。

まりあの語りの特徴から小林幸夫は〈記述が終わってみれば、そこには、〈私〉の記憶定着による、「ふるさと」の定位と東京暮らしの決意があった、というわけだ。とすれば、〈私〉がこの「物語」の記述に当たって（…）そこに求めたものは、海辺の町への精神的癒着を断ち切ることであったと思われる。〈私〉は回想しながら自らの過去を確認することで東京で生きてゆける確信を得たのである〉（「『TUGUMI』論」『〈新しい作品論〉へ、〈新しい教材論〉へ（6）』99・7）と指摘している。〈この物語は私が、少女時代をすごした海辺の町に最後に帰省をした時の夏の思い出だ。（…）だから、私の心のかえるところは、あの頃つぐみのいた日々のうちだけに、ある〉、〈私は自分の中に静かな決意がやはりわけもなく、はっきりした形もないままに満ちて来るのを感じていた。私はこれからここで、生きてゆく〉というように、まりあの帰郷には《自己物語の再認識による故郷の確立》と《再出発の決意》という側面があった。小林の論では決意の方に重点が置かれ〈精神的癒着を断ち切ること〉が言われているが、その前に押さえておかなければならないのは、まりあの精神的故郷の脆弱性である。

まりあは〈5歳まで祖父母の家で育〉ち〈母と2人で山本家に越して〉きた。そして〈なぜか自分はよそからやって来て、またいつかこの港から去るにちがいないという予感〉を抱いて幼少期を過ごす。というのも、まりあの父は〈妻との離婚を成立させて私の母と正式に結婚するために苦労していた〉人であり、母は〈先の見通しがまるでない居候の愛人〉に過ぎなかったからである。社会的に不安定な立場にあるまりあたちにとって山本家は安住できる場所ではなかった。両親の不安を敏感に感じ取って育ったまりあは、〈父が前妻と正式に離婚して私たち母娘を東京へ呼ん〉でからも、〈私は、今の東京での生活がほんとうはまだよくわからないのだ。（…）私の心の深いところではすべてがきちんと片づかずにいて、私はまだ週末に父をひとり待つ少女のままなのだろう〉と自分の居場所を定められずにいる。そして、〈あの人たちが変わらずにあの町で暮らしていることを、私は永遠のように思い込んでいた〉まりあにとって山本屋旅館廃業の知らせは、アイデンティティの拠り所としての故郷の脆弱性を自覚させる出来事であった。だからこそ、まりあはもう一度故郷として海辺の町を訪ねるのである。

まりあの帰郷の目的が《自己物語の再認識による故郷の確立》であることは先にも触れた。そこで問題となるのが恭一の存在である。自分の過去を回想することが目的ならば、関係性の深い山本家の人々とのみ思い出を共有すればいいのであって、新参者である恭一はむしろ異物であり、排除されるべき存在なのだ。しかし、まりあは恭一を〈夏の友達〉や〈私達の最後の良き夏を共にするもうひとりの仲間〉として、むしろ積極的に受け入れている。つぐみの恋がまりあに影響したということもあるだろうが、故郷の確立というまりあの願望を考えると、そこには恭一の役割とでも言うべき必然性が見えてくる。

まりあと恭一の間にはある親和性が窺える。それは〈なぜか私の周りでおまえだけが、私の言葉を正確に判断し、理解することができるように思えてなりません〉というつぐみの言葉や、〈彼もつぐみと同じように、一つのことだけに人生を深く掘り下げてしまうようなアンバランスな感覚を抱えていた〉というまりあの印象からも知れるように、〈つぐみの理解者〉としての両者の共通性である。〈「俺ね、あの子のことを考えていると、いつの間にか巨大なことを考えてしまっている時があるんだ」（…）私には、その気持ちがよくわかった〉という語りがあるが、より象徴的なのは、まりあと恭一が一緒にいる時間が〈夜〉に多いということである。〈つぐみの心や言葉よりも、もっとずっと奥の方に、つぐみのめちゃくちゃさを支えるひとつの光があった〉、〈つぐみには誰よりも深く、宇宙に届くほどの燃えるような強い魂がある〉というように、つぐみの存在は〈光〉や〈まぶし〉さに例えられている。〈夜〉という空間は、その輝きを共有する二人の姿を浮かび上がらせるのである。

こうした親和性の背後には、まりあの帰郷の理由が深く関わっている。それは〈来年の春、うちは旅館をたたむんだって〉という突然の宣告（ただし「面影」では九月に引っ越すことになっている）であり、喪失の予感であった。もう既に故郷を離れてしまったまりあ、これから故郷を出ることになるつぐみたち、そして、それとは対照的にこれから海辺の町を生活の拠点とする恭一。恭一はまりあに〈「それに今度は山本屋の代りに、うちのホテルがいつもここにある。君たちはいつでもここに来ればいいんだ」〉と告げる。〈この海辺のふるさとを失っても、私にはもうゆるぎない家が、かえるところがあるのだ〉と確信していたまりあではあるが、つぐみを通じて恭一と思い出を共有することによって、まりあの精神的な故郷は、より実在感を持った空間として記憶に定位することができるのである。

あとがきで〈つぐみは永遠にそのままではいられず、この小説のラストはつぐみの新しい人生のはじまり、つまりこれまでのつぐみの「死」です〉と作者が語るように、この物語はそれぞれの変化の兆しで幕を閉じる。その後、登場人物たちがどうなったかは一切語られない。つぐみの恋の行方はもちろん、まりあと山本家の関係、恭一の海辺の町での生活など、唯一知れるのは山本屋旅館がもう存在しないということだけである。もちろんこの物語が、喪失の予感の甘い切なさを描いた作品であることは十分承知しているが、それにしても不可解なのは、回想している現在のまりあが過去の出来事の意味までも意図的に操作しているように思えることである。〈多分、あとで思いかえすからこんなふうに感じたように思うのだろうが、(…)私は何だかつぐみの恋の未来は明るいかもしれない、という感じで一瞬、胸がいっぱいになった〉というように、読者はいつの間にか物語の方向性をまりあの解釈に委ねてしまうのである。そうすると、冒頭の〈登場する山本屋旅館の人々は、今はもう別の土地に引っ越してしまい、多分2度と私はあの人たちと共に生活することはないと思う。だから、私の心のかえるところは、あの頃つぐみのいた日々のうちだけに、ある〉というまりあの言葉も、何か空恐ろしいように響いてくる。なぜ二度と一緒に生活することができないのか、〈つぐみのいた日々〉と限定しているのはなぜか。落ち際の一葉の儚さを描くことも、裏を返せば変化の拒絶を意味するのではないだろうか。そう考えるとき、英訳版タイトル『Goodbye Tsugumi』も殊に意味深なものに思えてくるのである。

（現代文学研究者）

〈夜の底〉から〈夜の果て〉へ――吉本ばなな「白河夜船」論――

波瀬　蘭

「白河夜船」（「海燕」88・12。『白河夜船』福武書店、89・7）には、〈青い夜の底にどこまでも沈んでゆきながら遠く光る月をなつかしむような、爪の先までただ青く染まるような想い〉、〈彼の妻のいるところは、どんなにか深い夜の底なんだろう。〉という、〈夜の底〉という表現が繰り返されている。ここに川端康成の「雪国」の有名な冒頭の一文に続く〈夜の底が白くなった。〉という表現の影響を見ようとするのはやや唐突かもしれない。しかし〈最も現代的な作家の一人吉本ばななにしても、実は隠れ川端ファンだとしか思えないという事実〉が既に、〈最後の肉親である祖母を喪なった孤独を乗り越えていこうとする主人公を描いた「キッチン」は、最後の肉親である祖父を喪なうところからその文学を開始した川端とまず重なり合っている。それ以前の「ムーンライト・シャドウ」から始まる彼女の文学に顕著なオカルト的傾向は、「抒情歌」を代表とする川端の心霊学的な傾向とそのまま繋がるものだ〉という例を列挙しながら、示されていた（原善「川端康成の現代性」「東京新聞（夕刊）」99・4・15）とおり、吉本ばななには川端康成と繋がる部分が多く、あながち強引なものとは言えないだろう。本作に限っても、そもそも主人公の寺子の親友の〈しおり〉が睡眠薬で自殺しているということが、既に背後に川端康成の亡霊が立っているかのようである。そして、「事故のてんまつ」騒動が生まれるくらい川端のそれが理由のわからないものであったように、〈しおり〉の自殺の理由も〈そんなの本人にしかわかんないよな。〉と語り合われている。

そして「白河夜船」に先行する具体的な作品としても、たとえば村上政彦「添い寝」(『トキオ・ウィルス』講談社)を挙げる(『吉本ばななイエローページ』荒地出版社、99・7)ことや、〈「夜」をえがいた〉〈3つの話はきょうだいで、ある意味では大きなひとつの話といえる〉(「あとがき」)という作者自身の言葉に照らして、「白河夜船」「夜と夜の旅人」「ある体験」の三作を福永武彦の「冥府」「深淵」「夜の時間」という『夜の三部作』と比較することも、できなくもないが、何と言っても川端康成の「眠れる美女」こそを考えるべきであろう。

何よりも〈しおり〉が行なっていた仕事というのが〈彼女がしていたのはただ客と「添い寝」をする仕事だ。〉という、男と同衾するものの〈性交渉はない〉という〈手の込んだ売春みたいなこと〉を行なう奇妙な娼婦(?)じみたものであることが、まず川端の「眠れる美女」の〈美女〉たちと大きく重なっている。「眠れる美女」で江口をはじめとした添い寝する男たちが、老いや死の恐怖や不安からの救われを求めていたように、〈しおり〉の〈ものすごくデリケートな形で傷ついて、疲れ果てている〉客たちも、〈しおり〉に〈心の暗闇を吸いとってしま〉われることを求めているのである。しかもその添い寝の若い女が(〈しおり〉の場合自殺だが)死ぬという事件も、第五夜の〈黒い娘〉の死が「眠れる美女」の終結を招く事態と重なっている。

しかし〈しおり〉が〈美女〉たちと異なるのは、彼女が〈決して美人とは言えなかったし、あまりにもおっとりとしたその立居ふるまいが「おっかさん」を思わせてしまう、いわゆるセックスアピールというものがまるでないタイプの人だった。〉という〈美女〉ではないということのみならず、〈美女〉たちが文字どおり〈眠れる美女〉として眠り続け、男たちの方が起きていて彼女らを愛玩するのに対して、〈しおり〉が〈夜中に目を覚ました客に〈淡い明かりの中で〉〈にっこり微笑んであげる〉ために〈ひと晩中、眠るわけにいか〉ず、起き続けているという点だ。〈眠れる美女〉たちが眠っている自らを媒介にして男に至福の夢を見させるのに対し、〈しおり〉は眠っている客たちの悪夢を吸い取っている。しかしそれを補うかのように「白河夜船」では、他の女たちが眠り続けている。それは寺子の恋人岩永が〈僕のまわりの女の人は、みんな寝ているみたいです。〉と言っているとおりである。岩永の妻は〈もう意識がない、眠ったまま病院でひっそり生きている妻だった。〉し、寺子は〈眠りは私の味方だわ〉と言い、〈眠りに憑かれているのかもしれない〉と自省する。そして〈あなたは今、私にとても近いところにいるから、会えてしまったのかもしれないの。〉と少女時代の岩永の妻（！）から言われるように、両者の眠りは仮死として位置づけられ、「眠れる美女」がある種哲学的な程に生と（性と）死のテーマを深めていたのと同じく、「白河夜船」にあっても、〈いつも私は目覚める度にいったん死んでから生きかえったように思えるくらい深く眠るし、もしかしたら寝ている自分を外から見るとまっ白な骨なのではないかと思う時がある。〉という具合に、生と死のテーマが追究されているかのようではある。

しかし両作がネガ／ポジ的に決定的に異なるのは、「眠れる美女」が死の側に傾斜していくのに対して、「白河夜船」ではそこからの回復が目論まれているという点だ。〈何か、背筋のようなもの、いつでも次のことを始められるということ、希望や期待みたいなこと……うまく、言えない。でも、いつの間にか私が投げてしまっていたこと、自分でも気づかずに、しおりも投げてしまっていたことが、きっとそれだった。運さえ良ければ、それでもそのままずっと生きてゆけたのかもしれないけれど、それに耐えてゆくにはしおりは弱すぎた。流れも彼女をまるごとのみこんでしまうほどに強かった。〉という場所から、〈しおり〉とは、そして川端とは違って、寺子を戻ってこさせるという生の回復が、「白河夜船」では図られている。〈ばなな〉は決定的に熱帯的な向日性をもっているのだ。そしてそれが彼女の文学の大きな魅力であることは間違いない。寺子が行なう生の回復、つまり、〈友達を亡くし、日常に疲れてしまった〉寺子に、〈いつの間にか健やかな気持ちがよみがえって〉くるという〈小さな蘇生の物語〉は、〈何だかついさっき目が覚めたばかりみたい〉と喩えられるようなものなのだ。まさに仮死としての眠りからの覚醒である。

しかし、〈ばなな〉というネーミングにも表われたある種の軽さは、川端「眠れる美女」と比較できる本作でも歴然としている。そこから覚醒すべき〈眠り〉の世界、生を回復すべき〈死〉の世界とは、川端が生と死と老いとエロスのテーマを深く掘り下げた、比喩的に言えば〈夜の底〉の世界からではなく、〈光るように孤独な闇の中に2人でひっそりいることの、じんとしびれるような心地から立ち上がれずにいるのだ。／そこが、夜の果てだ。〉として示され、〈彼がはっきりと目を開けて私を見ていた。ああ、また夜の果てだと私はとっさに思った。〉、と繰り返される、〈夜の果て〉であった。すなわち〈夜の底〉という深さを縦に追求するのではなく、〈夜の果て〉へと横に広げかえたようなものだが、その時生と死の問題は恋の問題に変換される。あるいはそれは、今捉われている岩永との不倫の恋を〈本物の恋だと誰かが保証してくれたら〉と始まった物語が、その保証を得ていくプロセスでもある。そして、そうした恋の開き直りができるのは、植物状態の岩永の（しかも少女時代の）妻と出会って許されたからなのだが、そうしたまさに〈ＥＳＰ〉ぶりが発揮される荒唐無稽と謗《そし》られかねない展開も、岩永からの電話はすぐにわかるという〈この程度のこともＥＳＰと呼んでくれたら、私も立派な超能力者だと思う。〉という独白を伏線に、〈しおり〉との夢の中での再会を経ることで、強引に読者を納得させてしまっているのだ。垂直に〈夜の底〉へと生と死の問題を掘り下げていく川端的な深さの代わりに、〈夜の果て〉からの水平的な帰還を図った作品は、必然的に深さを欠いてしまう。しかしその〈夜の果て〉から夜明けまでの距離を約める（たとえばオカルトを導入したりする）力技にこそ吉本ばななの（そして、さらに軽みをきわめた、よしもとばななの）良くも悪くも本質があるのであり、本作もその意味でまさしくばなな的な作品の代表作なのである。

（短歌研究者）

〈物語じゃない人生なんて。〉──「N・P」──高根沢紀子

「N・P」（「野性時代」91・1）は、オカルトを特徴とする吉本ばなな文学のなかでも、もっともオカルト性が高い作品だ。ばなな自身も、〈この作品には今までの私の小説のテーマのすべて（レズビアン、近親者との愛、テレパシーとシンパシー、オカルト、宗教、etc.）をできるかぎりこの少ない人数、小さな町内につぎこんだおかしな空間がつまってい〉（「あとがき」『N・P』角川書店、90・12）ると語っている。

話は、ややいりくんでいる。高瀬皿男が英語で書いた小説〈「N・P」〉は、日本語の翻訳者が次々と自殺をとげる、という呪われた作品だ。97話まで発表された作品は、高瀬皿男の自殺で終るはずだったが、98話目が遺作として存在し、それを翻訳していた庄司も自殺を遂げる。その庄司の恋人だった風美は、庄司の形見として98話目を所有し、それに引き寄せられるように、皿男の遺児である二卵生双生児の咲と乙彦、また母違いの萃が風美の前に現れる。皿男の作品として、最も評価の高い98話目は、父と娘の近親相姦の物語であり、それは、現実の皿男と萃の物語だった。さらに萃は兄弟である乙彦とも関係しており、結果乙彦の子を身ごもる。また、99話目の存在も明かされ、作者が死してなお遺された者たちは〈「N・P」〉に翻弄されていく。

三浦雅士は、〈父と関係し、弟と関係する。まるで少女漫画だが、それこそがむしろ美点〉であり〈物語の荒唐無稽は、ただひたすら若い感性のありようを浮き彫りにすべく費やされている。生の過剰が死を引き寄せる〉

（「週刊朝日」91・3・1）がそれは生の美しさを語るためであると評価した。設定の〈荒唐無稽さ〉が〈少女漫画〉とイコールとなるかは、論証が必要だろうが、村上龍が〈「N・P」で、吉本ばななは、初めて、自分の才能と技術を総動員すべき「情報」、自分の中にある「情報」を意識し、それを語ることに全力を尽くしたのだ。〉（「解説」『N・P』角川文庫、92・11）と述べたように、デビュー作「キッチン」（87）から、その〈少女漫画〉性が指摘されてきたばななの「N・P」は、確かにこの時点での集大成であるだろう。

また、ストーリーの〈荒唐無稽〉さは〈夏感覚物語の一編、として読んでみると、楽しい。〉（あ「週刊読売」91・2・10）と軽い怪談物語という読まれ方をされてもいる。作品は、

百物語では100番目の話を語り終えたときに何かが起こることになっていたけれども、この夏私が体験したのはまさにその、100話目だった。生きたそれを体験したような気がする。あの強烈な空気、夏の空に吸い込まれそうな気持ち。そう、あれはほんの短い期間におこった、ひとつの物語だった。

と風美が語るように、怪談話としてある。百物語は、百の怪談（不思議・因縁）を語り終えた時、本物の怪が現れるという日本古来の遊びであるが、ならば、作品の最後にはなんらかの《怪》が現れたのだろうか。

作品の終りは唐突だ。作中では、繰り返し〈心中〉やら自殺という〈死〉が予告されているにもかかわらず、この夏この〈100話目〉の〈物語〉に死人は出ない。乙彦の子を身ごもった萃は、みなの前から姿を消し、これまで一度も登場していなかった男性と結婚し子どもを産むと宣言する。さらに、風美と乙彦の新しい恋まで連想させる結末は、都合がよすぎると批判されかねないものだ。萃は、唐突に姿を消した後、風美にあてた手紙のなかで、〈失踪、というのが最も私らしいように思うのですが、そして私ももっと物語性が徹底していたらそうできたのかもしれない〉、〈私が生まれてから今まで、ずっと信じていた物語の要求は、私の死、だったんじゃない

か〉と述べている。その〈物語の要求〉に応じさせなかった、徹底させなかったのは、風美の存在にある。萃も乙彦も風美がいたから、みなこの世界にとどまることができている。

風美は、〈「N・P」〉〈物語〉の、外側にいる人物として描かれている。風美は、乙彦や咲・萃に対して〈「何だか変な感じ、物語の中の人といるようで。」〉、〈「私も、あなたたちみんな不思議。本のなかにいたくせに、今頃出てきてしゃべったりして。私まで本の中に入っちゃったみたい。」〉と〈「N・P」〉の外側にいることを強調する。また、咲に〈実は、庄司さんのこととかをとっくに離れて、ありんこの観察みたいに、私たちのこと、夏休みの宿題みたいに、見物してるでしょう。〉とも言われるように、常に〈物語〉の外側にいる〈観察〉者である。萃に〈保護者っぽいあなた〉と呼びかけられるように、この〈物語〉の方向を見守り、動かしている人物としてある。〈風美〉という名前もまた、〈「N・P」〉よってかけられた〈呪い〉を風で吹き飛ばすという意味を持たされているだろう。

しかしなぜ、みなが風美にひきつけられ、救われるのかについては明確な説明はない。むしろ、風美は「N・P」の登場人物のなかでもっとも地味で魅力のとぼしい人物だ。しかし〈「N・P」〉の登場人物でない風美は、みなの話を聞くという意味では、読者の立場に、また同時に聞いた話を〈100番目〉の〈物語〉として語る作者の立場にいる。なぜ、語らなくてはならないのか。作品には、高瀬皿男の家族だけでなく、風美の家族も描かれている。風美の両親が離婚した時、風美は一時的に声が出なくなった。声が出るようになった時のことを風美は、〈「私がしゃべれるようになってやっと家は百夜を抜けたっていう感じだったわ。今思えばだけど。」〉と回想している。この夏の物語もまた、萃や咲・乙彦が〈百夜を抜けた〉物語であると同時に、風美にとっても庄司の死を〈抜けた〉物語でもある。風美はいつも物語の外側にいながら、物語の影響をうけながら生きている。

書くことも、読むことも、〈物語〉のその中に入ることにほかならない。〈「N・P」〉の〈呪い〉は日本語に翻訳された時だけだとされているが、それは〈血〉への拘りとも繋がっているだろう。日本人である皿男がより濃厚は血の問題を描くのは日本語でなければならなかったはずだが、それを英語で書くことによって距離を置き、だからこそ書けた物語だった。

風美は〈私はいまでも、その後に起ったことをうまく言葉に訳することができない。〉と言うが、すべての言葉は、そのままを伝えることはできない。そもそもすべての言葉（想い）を理解するという行為自体が、《翻訳》だからである。それでも語るのは、濃厚に自分を語りたい、何かと繋がりたいという欲求からだろう。ばななは、

「結局、それぞれの人間がそれぞれの局面で言葉にしきれず、表現し難かった何かを物語にして見知らぬ他人とわかちあいたいのだ。」という答えも得ました。現時点でも答えに過ぎませんが、そういう意味ではこれは本当に思い出深い作品です。（「N・P　文庫版あとがきエッセイ」『N・P』角川文庫、92・11）

と述べている。

「N・P」は、ばななが読者と繋がりたいという痛烈な想いからうまれた〈物語〉だ。だとすれば萃・咲・乙彦という〈物語〉の登場人物が、読者の風美に救われているのは、《物語》が読者によって生かされていることと同様だろう。また、読むことは作者や翻訳者を生かす行為でもある。風美が〈100話目〉を語ることによって、出現した〈怪〉とは、《生きる》ということだった。〈物語じゃない人生なんて。〉と萃は言う。子を産むことを決意した萃の選択は、この〈物語〉（〈怪〉）が続いていくつまり、〈物語〉（人生）がこれからも続いていくことを暗示している。「N・P」は、《物語の力》を描いた作品であり、ばななが今後も書き続けていく、決意表明ともなった作品である。

（立教女学院短期大学専任講師）

『N・P』──百物語の失敗／ばなな文学の確立──

原　善

その作者のみならず翻訳に関わった者たちが次々と自殺していく魔書をめぐる混沌とした話題が盛りこまれた吉本ばななの『N・P』（新潮社、90・12）も、そのラストは、主人公風美が無理心中から免れ、萃は乙彦との近親相姦の関係を解消し身籠った子供を殺すことなく別の男との幸せそうな結婚に向かい、傷心の乙彦も風美との小さな旅で立ち直りの兆しを見せ、乙彦の双子の姉である咲も渡米して新たな境地を拓いていく、という、なかなかのハッピーエンドで締め括られている。そして、〈この作品には今までの私の小説のテーマのすべて（レスビアン、近親者との愛、テレパシーとシンパシー、オカルト、宗教、etc.）をできるかぎりこの少ない人数、小さな町内につぎこんだおかしな空間がつまっています。〉（「あとがき」）という自解のとおり、この時点でのばなな文学の集大成が目論まれた作品である。しかしそれは、そのふんだんに盛りこまれた素材の多さという以上に、一人称で語る主人公が狂言回し的役割にとどまり、重要人物は彼女が一夏の間に出会った異人的な少女（萃）であり、一夏が終わってある種の危機が回避され二人は別れていき、そのことの意味は異人的キャラから視点的キャラへと送られた手紙によって語られる、という物語のパターンこそが確立されたというべきだろう。とりわけそれは、〈まりあ〉が病弱故に奔放な少女〈つぐみ〉との一夏の体験を語り、〈つぐみ〉からの手紙で語り終える『TUGUMI』（88・4〜89・3）からの継承と言える。しかし同時に、それ以降も例えば〈まり〉が聖痕を帯びた少女〈はじめ〉との夏の出来事を語り〈はじめ〉からの手紙で締めくくられる『海のふた』（04）などに続くように、『N・P』はばなな作品のある種の〈出発点〉としての雛型になりえていると言える。それは後年『イルカ』（06）について〈昔「N・P」という小説が失敗作であってもいろいろなものを含んで後に発展していったように、この小説もなにかの出発点になっていると思う。〉（「文庫本あとがき」08・11）と自ら語ることになるとおりなのだ。

だがここで注目すべきは、この自解の中の〈失敗作〉という言だろう。作者が後年何を指してこう言ったのかは不明ながら、確かに『N・P』には十全な成功作と言い切ることを躊躇わせる、すっきりとしないところがある。それもまた、ラストに関係することだが、ラストとは正反対に位置づく、〈百物語では100番目の話を語り終えたときに何かが起こることになっていたけれども、この夏私が体験したのはまさにその、100話目だった。〉という言葉だ。『N・P』の開幕で示されるこの言葉ははなはだ暗示的で、〈語り終え〉られた時すなわち読み終えた時に〈何かが起こること〉を読者に期待させ、読みを加速させていく。大変効果的な導入であり、この作品を論じようと思う者にも、〈このたとえにそって考えるなら、この作品を読み終えた読者の前にあらわれる妖怪（ハプニング）とは何だろうか。〉（『吉本ばななイエローページ』荒地出版社、99・7）という具合に、〈百物語〉を有効な解釈コードにせねばという強迫観念を持たせる。しかしこうした疑問に対する答えは充分に読み解かれてはいない。というよりも、こうした読者の期待は正しかったのだろうか。そもそもこの〈何かが起こる〉場所とはいったい何処なのだろうか。

高瀬皿男の書いた99話目までが《絵》であり、それを語る風美の体験が《額縁》であり、それを吉本ばなながが読者に示している場が《壁》であるとすれば、魔書としての《絵》の中で怪異が起こるのは当然として、〈語り終えたときに何かが起こる〉場所は《額縁》の中なのか、《壁》の上なのか。わかり易くするために鈴木光司原作の映画「リング」を当てはめてみよう。高瀬の書いた「N・P」が魔書だったように貞子のビデオ（《絵》）はそれを観たら一週間後に死んでしまうという まさしく呪いのビデオだった。「リング」の場合その貞子がテレビ画面からはみ出して高山竜司の部屋に出てくる《額縁》はもっと怖いのだが、それはすなわちその映画（のビデオ）を観ているこの映画館（か自分の部屋・《壁》）にも貞子が出てくるような恐怖を感じるからに他ならない。そしてそうした登場人物の越境を為さしめたものは、その映画を手に汗握りつつ登場人物にシンクロしながら観させた観客／読者を作中に引きずりこむ力である。そのことは『N・P』でも〈「私も、あなたたちみんな不思議。本のなかにいたくせに、今頃出てきてしゃべったりして。私まで本の中に入っちゃったみたい。」〉と書かれているとおりであり、越境は可逆的なのだ。しかしこの風美の言葉は《額縁》での出来事を指しているのだが、今ばなな作品にシンクロしようと思っている読者は、こうした作中の言葉にも促されて、《壁》の上でも〈何かが起こること〉を予測するはずなのだ。たとえば先の期待も〈この作品自体が、作中小説『N・P』の100話目だとほのめかしている〉（『吉本ばななイエローページ』）という理解に基づいていたのだ。そう期待したいのは当然で、「果てしない物語」に読み耽って作中世界に入り込むのはバスティアンだけでなくエンデを読む読者のわれわれもまた同じであるのだ。作中に〈影響力の強い人のものを訳していると、ただの読書の何倍もひっぱられるわよ。〉と、読書と区別しているかに語られた風美の母の言葉があるが、この翻訳の話はそのまま読書にも当てはまる。こうした〈他人の思考回路に同調する〉在りようが越境を呼び、同調の最たる例として自殺が挙げられているのだとしたら、本作は「果てしない物語」にも通ずるメタフィクション的な魅力を持っているとも言えたかもしれないのだ。

しかし読者は本作を読みながら自分も自殺してしまうのではないかという恐怖を抱くところまで〈ひっぱられ〉ることはない。「果てしない物語」や「リング」とは違うのだ。その意味で百物語にしようとした作品外部の作者の意図は〈失敗〉したと言えるのだが、作品内部での破綻は免れている。〈この夏私が体験したのはまさにその、100話目だった。〉ということであれば、これから物語られる《額縁》の部分、すなわちもう終わってしまった一夏の体験が〈100番目の話〉であり、今それを語っている風美は既にその後に続いて起きた〈何か〉を知っていることになり、巻を擱いた読者はその〈何か〉まで知らされたことになるはずなのだ。であれば〈読み終えた読者の前〉という《壁》の部分に〈妖怪（ハプニング）〉は顕現しようもないが、そのことに不服は述べられない。あくまでも〈何か〉が起きるのは《額縁》にとどまることが予定されていたのだから。だが少なくとも現在進行形で進む物語として《この夏私が経験しているのはまさにその、100話目なのかもしれない。》と語り起こされていれば、「リング」を観る観客と同じ気持ちで作品を読み進められたし、そのことが絵の具を《絵》から《額縁》のみならず《壁》にまで滲みださせることにもなっただろう。そうでないことで読者のシンクロの度合いを低めたのだ。もちろん《額縁》の中であれ、そこに起きた〈何か〉に期待しながら読むことは、推理小説において犯人を探すような読みの推進力を働かせる。しかしその犯人がコソ泥に過ぎなかったというかのように、その《額縁》の中で起きた〈何か〉は〈百物語〉という言葉が予想させるような怪異とは程遠い。というより怪異とは正反対の平穏な日常の回復であったことは、ハッピーエンドを紹介したとおりだ。（しかも風美が自殺していないことは今語っていることで明らかであり、その平穏な語りぶりが既に〈何か〉もそう重大なことではないと思わせてしまう、コソ泥ぶりを予告する語られ方も百物語的な効果を損なっているが）ばなな作品にあっては、〈「何だか変な感じ、物語の中の人といるようで。」〉という具合に、絵の具が《額縁》に滲み出るような登場人物の越境が起きつつも、それは決して怪異とはならないのだ。（オカルトをシフトキーにして）ホラーをハッピーに、あるいは〈妖怪〉を愉快に〈ハプニング〉をハピネスに怪異を快癒に、そして他の多くの作品でそうであるように深刻なテーマを軽い恋愛話にシフトチェンジしてしまう力、そうしたばななの本質が百物語としての〈失敗〉を代償にしつつ本作で確立されたのである。（現代文学研究者）

『短編集　とかげ』——身体性への信頼——

馬場重行

一九九三年四月に出版された『とかげ』の「あとがき」で、よしもとばなな（当時は「吉本ばなな」だが、ここでは現行に従う）自身が、「全部、「時間」と「癒し」、「宿命」と「運命」についての小説です」とこの短編集の目指した方向を明らかにしている。確かに収録されている六編の小説のいずれにも、そうしたテーマが基層に伏流していると言ってよい。

新婚男性の心の揺らぎを幻想譚にくるんで描く「新婚さん」、幼児期に受けた悲惨な体験を共有する男女の愛の形を描く「とかげ」、「お互いを写しあい永遠に続くらせん」であることを認識する男女像を示す「らせん」、不倫を経て結ばれた女が「暮らしていくことの意味」を深く了解する姿を語る「キムチの夢」、自立することの本当の意味を提示する「血と水」、赤ん坊の時に、母によって川に落とされた体験を身体の奥深くに宿す女が、川の傍らの部屋に住む男の愛によって「生」の意味に覚醒する様子を、性的問題と共に語る「大川端奇譚」。六編には、男女の恋愛模様を物語の推進力に用いながら、「時間」が人に何を与えるか、「癒し」という在り様の本当の意味とは何か、出生時や幼児期に受けた傷や痛みと、人はどう向き合いその「宿命」や「運命」を受け入れ成長していくのかといった「生」の秘奥に関わる問題が一貫して語られている。

それと同時にこの短編集には、もう一つの大きな特徴がある。『とかげ』の諸作品には、身体が精神を超えて優位に立つという語り手の思想が如実に反映されていると思われる。このことは既に、山崎眞紀子が「吉本ばなな」の『とかげ』の項で「全編に渡って体との関わりを通して描かれている」と的確に指摘しているが（川村湊・原善編『現代女性作家研究事典』鼎書房、01・9）、ここではこの観点をより詳しく見ておきたい。

「新婚さん」において、「私」が車内で遭遇した「ものすごく偉大な人」は「ホームレスから美女へ」と鮮やかに変身するが、それだけではない。「私」もまた、「駅舎になって、駅前をじっと眺めている」という変身を経験し、新妻を含め「この街はおおきく呼吸している」という感慨を手にする。変身が「街」を人に変え、新しい生活の形へ向かう意識をもたらす。ここでは、変身という身体の変容が寓意としてではなく、生活の営みそれ自体に内在する〈可能性〉として明示されているのだ。

「とかげ」に語られる、幼児期に母と共に暴漢に襲われた経験には、もっと直裁に身体の持つ意味が刻印されている。「私ね、でもそのとき（引用者注―暴漢に教われた時）命の秘密を知ったの。身体で知ったの」、「魂が私を見ていないかぎり、体はいれものだということを知ったよ」と述べる「彼女（＝とかげ）」は、「生」の根幹を形成する「魂」と「いれもの」としての「体」の関係性を深く了解する。同じように幼い頃にひどい経験をした「私」は、「子供の寝顔」で眠る「彼女」を眺めて「2人の子供時代のために数分間泣」く。流れ出る涙という身体の反応を通して、この二人の強い結びつきが語られている訳である。

〈愛〉の底深さを〈らせん〉という形で捉えて印象的な「らせん」においても、「頭の中をすっかり洗い出してしまう」という営みが齎す忘却への憧憬を経て、それでもなお目にする対象の全てに「あなた」を認める「彼女」の〈愛〉と、そうした「彼女」が「目を閉じた時」、宇宙の深淵まで連れ去られるような思いを抱くことでより深い〈愛〉を感得する「私」という図を描き、身体が生み出す〈愛〉の姿が語られている。末尾にある「D

NAのように」という比喩は、この作品を的確に表象していよう。「キムチの夢」は、身体が生み出す力を語って特に説得力に富む。不倫を経て結ばれた男女は同じ「キムチの夢」を見る。「匂いって、すごいね。何よりもダイレクトに脳に入ってくるんだね」と語る「私」は、発熱という身体の異常の中でキムチの匂いを嗅ぎ取り、それを経由することで「彼」との本当の結びつきを実感していく。「記憶はエネルギーだから、発散されなければ世にもさみしいかたちで体内に残留する」という「私」の思いは、「体内」への濃厚なまなざしに支えられて生み出されている。

宗教を素材に、人の自立の真の姿を描く「血と水」。この作品の末尾で「昭」は「読んでる君の顔を見て」、「私」が父からもらった手紙を「いい手紙」と評する。信仰という絶対を生きる父の「私」に対する愛情は、その手紙を読む「私」の顔に刻印され、不思議な能力のお守りを生み出す「昭」には、その交流の様が見える。「昭」との愛を生きていこうとする「私」には、時の移ろいによって生じる変容こそが最も不安だが、そうした感覚を全て受け入れて生きていくことを結果的には選択する。それは、「昭の作るもの」に宿るという「乳児がはじめて母の乳首を口に含んだときのような感触」という身体的な信頼感に拠って生成されている。

「大川端奇譚」の末尾、かつてふしだらな性の世界に生きていた「私（＝明美）」の実相を知った後で、「彼」によって「私」が救済される場面でも、身体の力が明晰な形で提示される。「彼」の愛を受け止めた「私」は、「自分が世界の中心だと思っていた世界からわずかに一歩を外した瞬間」を知覚するが、「それは歓喜でも、失望でもない感覚で、ただ今まで余分な筋肉を使っていたのをゆるめたような妙にこころもとない気分」とされる。奔放な性に「私」が溺れた遠因は、かつて母によって川に放り投げられたという出来事にあろう。その悲痛な体験は、脳にではなく身体の奥底に刻まれて「私」を形成していった。「心の傷はあったのかもしれない」と思う

「私」は、「でも、私はサヴァイヴァルできる」と確信する。その自信の根拠は、「私が体で得たもの」にある。ここには、身体に刻みつけられた傷を、身体を酷使することで超えようともがき、結果的に身体が獲得した〈生きるための力〉によって救われる「生」の姿が豊かな物語として語られている。

『とかげ』に収められた六つの作品全体を覆うものは、身体への信頼感であり、愛の基点を支える身体の力である。端正な文体によって詩情あふれる精緻な物語が紡ぎ出されていくが、その裏面に付着する身体への限りない信頼という語り手の堅固な思想は、身体性へのまなざしを改めて読み手に与える効果を発揮していよう。

　よしもとばななが、このような身体的思想をどうやって手にしたのかは不明である。作品執筆当時、「体力向上をはかり、エアロビクスや気効《ママ》に通っていた」（前掲、山崎）といった作家の体験が影響しているのかもしれない。あるいは元々この作家には、身体が持つ「生」に寄与する力への信頼が宿っていたのかもしれない。知性によって感知される世界の限界を超え、己の身体を通してしか感得できない対象が存在することを、この作家は深く知悉しているように思われる。「キッチン」の性転換や「白河夜船」の眠りなどにも通底する身体性への親和感は、よしもとばなな特有の魅力を構築するのに大いに貢献している。そうした自らの性向を十全に反映して書かれた『体は全部知っている』（文芸春秋、00・9）を、自著の中で好きな作品としているのは至極当然であろう。「とかげ」でいう「生き物の感触」を小説世界に敷衍し、読み手の身体との共鳴を奏でること。「時間」「癒し」「宿命」「運命」といった「生」の問題を、頭で処理するのではなく身体を通して追究し、その中から物語を創出させた点に『とかげ』の独自性は存している。「有限のものとしてのおのれの身体に対する（敬意を含んだ）対話的関係を文学的実作の「枠組み」に流用しえた例外的な、少数の作家」（内田樹『武道的思考』筑摩書房、10・10）の一人によしもとばななを加えたいと思う。

（山形県立米沢女子短期大学教授）

『アムリタ』――「虚構のリアル」の時代と吉本ばなな――

清水　均

時代の特性を表す時に、「虚構のリアル」という概念がいつから使われ始めたのかは今はおくとして、現状ではこの概念は、特に日本のサブカルチャーを論じるに際し、あたかも一般通念のように広く流通している。例えば、大澤真幸は『不可能性の時代』の中で、戦後日本の時代区分として一九七〇年から一九九五年を「虚構の時代」と名付け、その内実を「現実すらも、言語や記号によって枠づけられ、構造化されている一種の虚構と見なし、数ある虚構の中で相対化してしまう態度によって特徴づけられる」とし、しかし、それ以降の時代を、「虚構の時代」を離れ、「現実の総体的な虚構化を推し進めるような力学が強烈に作用している」として「不可能性の時代」として区分している。この「力学」については、大澤は別のところで「それが虚構であるから選択可能であり、その気になればチャラにできるという感覚が八〇年代だったとすると、九〇年代以降は、もっとも虚構的なものがもっとも自然になってしまうという反転が起きた」と語っており、この感性が、九〇年代以降現在に至る時代の特性としての「虚構のリアル」という概念を意味づけているといえる。

吉本ばななは八〇年代末の時代特性を象徴する一人として取り上げられることが多く、文学領域でいえば俵万智『サラダ記念日』と並んでその表現の新しさに対し、肯否両側から評価される作家である。実際、吉本の作品は『キッチン』(88)をはじめ、概ね八〇年代末の作品群に対する評価に偏っていて、現在においても当時の新しさとしての評価が固定化しているという印象が強い。しかし、だとすれば大澤のいう「虚構の時代」、あるいはそれを強化する形で発生した「虚構のリアル」への推移といった八〇年代から九〇年代にかけての時代特性を視野に入れた作品評価があって当然のはずだが、そうした視点はあまりない。ましてや、九〇年代の作品である『アムリタ』については、「虚構のリアル」を軸とした作品分析が行われるべくもないのが実情ではないか。

『アムリタ』という作品は、ストーリー展開上では主人公朔美が頭を打って一時記憶を失い、やがて回復するというところに軸が設けられている。要するに、主人公自身の語りによって記憶の「喪失前」「喪失後」「回復後」という時間軸に従って主人公の意識、感覚の変容が語られていくという枠組みが設定されているのである。そして、それは当初別の作品として雑誌発表された「メランコリア」を作品のプロローグとして置き、更には後に文庫収録時に加えられた「何も変わらない」というエピローグを含めることでこの作品の時間軸設定は完結することになる。即ち、主人公が記憶を失うことで陥った「ぎゅっと縮こまって、明日を怖がる」という経験を経て、後に記憶が戻ってもなおそれを「何も変わらない」と捉えているところにこの作品のモチーフがあるということである。無論、実際に朔美に起こったことは彼女に大きな変化をもたらしているのだが、その変化を認識しつつも「変わらない」としているところにこの作品の肝があるのだ。結論的に言えば、その変わらなさは、彼女の人間性、存在性に下支えされている。それは例えばさせ子が「朔美ってなんだろう? いつも思う。生きてることそのもの? の生き物?（略）陽も、水もなにもかもが、今日が一回しかなくて今はいろんなことが出し惜しみなくあふれてるって、教えてくれた。」と指摘する中で語られるものであり、また竜一郎が「君が、どんどん変化していくのを見ていると、人間っていうものは本当に、いれものなんだ、と思うんだ。いれものなだけで、中身はどうにでもなるって。（略）君はつぎつぎ新しいものを中に入れていくけど、その変化するいれものにすぎない君という人間の底のほうに、なんだか『朔美』っていう感じのものがあって、たぶんそれが魂っていうものだと思うんだけど、それだけがなぜか変わらなくて、いつもそこにあって、すべてを受け入れたり、楽しもうとしている。」と語る中で示される朔美の持つ、それこそ変わらない根底的「魂」を意味する。つまりは「何があっても君は変わらない」「君が君であることが素晴らしい」ということなのだ。では、朔美にとって何が「変化」であり、その「変化」を「それでも変わらない」と朔美自身が捉えうる根拠は何であろうか。

朔美は自身の記憶喪失期間について、「若林朔美としてのあらゆるエピソードや、家族構成、好きな食べ物、嫌いな事がら、私が私であるためのそういった要素を、まるで物語のように回想できるということだ。物語のようにしかできない。」と「私が私である」ことの証を「物語」のように、あたかも「虚構」のように回想する。ここには現実からずれているという意識が示されているが、その一方で彼女に記憶を取り戻すきっかけを与えたのもこれまた一冊の小説という「虚構」であった。「小説の生みだす空間の生々しさっていうのは本当に年月を超えるんですね。（略）小説は生きている。生きて、こちら側の私たちに友人のように影響を与えている。その事を体で知った。（略）ただ、直接のきっかけが昔の友人でも、家族のアルバムでもなくて、架空の世界、架空の現実だった。それはとても興味深い事です。」とあるように、朔美は記憶の奥底に存在する「小説」＝「架空の現実」＝「虚構」が呼び戻され現実に戻る。注意しなければいけないのは、記憶喪失以前のリアリティを取り戻させたのがこのもう一つのリアリティであるということである。即ち、この時の朔美には虚構と現実がともに「現実」として感受されているのである。朔美における虚構への傾斜は記憶を取り戻すきっかけとなった小説が最初ではなく、記憶を喪失した生活感覚そのものが既に「物語のよう」だと感じられていた。そして、小説に出会うに至る過程において、朔美は虚構、正確に言えば朔美にとっては「虚構とも感じられる構え」をもった様々な事柄を契機として新たなリアリティを感受していくことになるのである。

その要となるのが弟由男とのシンクロ体験と高知、サイパンへの旅の体験である。由男は特に記憶喪失以後の朔美の時間の中で高知、サイパンを中心に常に寄り添う形で体験を共有し、あたかも朔美の分身、鏡のような存在である。彼は夢で「神様みたいな」人に何かを言われ、「(人間は)今にしかいられない作りになっているのに、どうしてか昔のことをおぼえてたり、先のことを心配したりする」ことが不思議でたまらなくなり、この不思議さを明らかにするために小説家になることにしたという。後述するように、この「今にしかいられない」人間の存在性への問いは、まさに朔美自身の問題でもある。由男はこの何者かの声に悩まされ続けるが、ある時はその声に導かれてUFOを目撃する。また、高知では「激しい夕焼け」をともに見る。この時朔美が感じたのは前者は、「わくわくする感じ、自分が別のリアリティに入り込んだ気分」であり、後者は「あの日の円盤に匹敵するすごさだった。心動かされた。生きていたのだ。」「今日は一回しかない」というものであった。要するに、ここで描かれているのは朔美における「別のリアリティ」への陥入であり、朔美自身にはそれが違和感なく受け入れられているのだ。そうしたリアリティは「頭を打つ前にもどるのがさみしいのだ。つまらないのだ。今の自分が好きなのだ、いつも。」というふうに朔美に自覚されていたし、それはサイパンという日常を離れた「異空間」、させ子によれば「夢」「彼岸とよばれるところにとても近い」場所においてより強化され、「もう、戻れないところまで来てしまった。いつのまにか。頭を打つ前のリアリティに、もう二度と。」という思いを朔美に抱かせる。

一方、サイパンで出会った女性させ子は、夫のコズミ君がそうであるように特殊な能力の持ち主で、高知のマンションに幽体離脱して朔美の前に現れたり、予知能力で朔美の状態を「あなたは、半分死んでるんだわ。(略)いつか半分死んだことで、あなたの残りの機能が全開になったのね。生まれ変わったのよ。」と言い当てたりする。なかでも彼女の歌声は霊を慰めるという強力な力を持っていて、まさに「異空間」に生きる存在といえるのだが、朔美にとってその歌は、「人間が人間である理由の源にダイレクトに触れた感じ」を与える。

こうしてみると、新たなリアリティに生きるようになった朔美が感受する事柄というのは、それが「虚構のリアリティ」と呼べるものであるにしても、ファンタジーや異空間といった現象や場の特殊性にも関わらず、「今にしかいられない人間の存在性」であったり、「今日は一回しかない」ということであったり、「人間が人間である理由」であったりと、いうなれば「人間という存在の意味」とでもいえそうな極めて現実的、人生的な問題であった。そして、そうした感受性において朔美は竜一郎とのドライブの際に「何とすばらしいのだろう。今確かにここにいて、今しかない肉体でまわりじゅうの何もかもをいっぺんに感じていることが。」というふうに、自身の存在性に実感を持てるようになっているのだ。

ところで、記憶を失った朔美に何度となく突然、それも強烈に過去の出来事が蘇る場面が描かれる。それは、「自分と父の記憶」「教室の光景」「漂う空間の色」「デートの時の思い」「友人との香港旅行で友達が泣きだした時のこと」等々で、それらは事柄そのものというよりも、過去において生まれた彼女の心の状態というようなものである。その事は、記憶というものは、思い出される以前に存在するものであることを示しているだろう。記憶を取り戻すのではなく、記憶が明らかになるという、記憶というものが現象論的性格として捉えられているのだ。その中で明らかになったものは非常に感覚的なもので、それゆえにそれは「生々しさ」に彩られて「愛しい」「なつかしい」感覚を伴う。それゆえ、回復後の朔美のリアリティも、回復前の「虚構のリアリティ」を否定するものではなく、「自分がここにいる」というサイパンでも感じた感覚であり、要するに、朔美は記憶喪失によって現実からずれてしまい、やがて現実に帰還するのではなく、喪失以前の現実感覚とともに、新たな現実

（リアリティ）を獲得したということなのだ。回復直後の朔美の感慨は「そう、私は幸せだった。（略）体の底から、「自分」という名のエッセンスがわきあがってくるような」ものであった。一見すると、記憶喪失時の自分のありようを否定しているように見えるが、この直後に既に見た竜一郎の「『朔美』っていう感じのもの」という言葉が置かれているように、朔美という存在性はまさに「自分」という名のエッセンスにおいて変化はないのだ。そして、そのことは「その人がその人であることは、壊れて行く自由も含めてこんなにも美しい」という「その人がその人であること」の価値であるとか、「何よりもすごいのはそのすごい能力と自分の日常を同居させているところだよね。」という、現実と虚構としての現実、即ち「異常」さを含んだ「日常」のリアリティを語る中にも示されている。そして、そうした「日常」の営みの意義こそがタイトル『アムリタ』が意味するものとなっているのであり、それは「おいしい水をごくごく飲むようなものなの。毎日、飲まないと生きていけないの。何もかもが、そうなの。」と表現される。この日常において「飲まないと生きていけない」ものとはこの作品の結末部に「人生を生きる瞬間の恩寵、輝きに満ちた天気雨の慈雨。（略）空中から苦もなく宝石を取り出すという伝説の聖者のように、私はその取り出し方が確かにこの体のなかにそなわっている。」と語られ、それは別の箇所では「詩みたいに、美しいフレーズみたい」と表現されているものであるが、朔美が到達した現実認識は「今確かにここにいる」「そのままの自分でいい」という、それこそ九〇年代半ば以降に盛んに流通した「人生訓的フレーズ」（例えば相田みつをや、ある種のJ-POPの歌詞など）に連なる表現傾向であって、その意味では『アムリタ』という作品は紛れもなく「虚構のリアル」の時代を先取りした作品であり、だからこそ八〇年代末に「新しい表現」をもって登場した吉本が九〇年代以降語られなくなったのだと言えなくもない。彼女の表現は、この時代、むしろアニメやライトノベルの表現に取って代わられることになるのだ。

（聖学院大学教授）

『マリカの永い夜／バリ夢日記』——テクストの旅・〈夜〉の輝き——

仁平政人

『マリカの永い夜／バリ夢日記』は、一九九四年三月に幻冬舎から書き下ろしとして刊行された単行本であり、表題の通り小説「マリカの永い夜」と、その取材を兼ねたバリ旅行の記録が所収されている。その後、一九九七年に幻冬舎文庫に収められた際、小説「マリカの永い夜」は、〈あまりにも無理があった〉（「文庫版あとがき」、『マリカのソファー／バリ夢日記』幻冬舎文庫）として、特に設定に関して大きな改変がなされるとともに、「マリカのソファー」と改題されている。ただし、同じ文庫版あとがきで作者が〈前の方が好きだった読者〉に対するお詫びの言葉を述べているように、初出形「マリカの永い夜」が、「マリカのソファー」とはまた別の魅力を持っていることも確かだと思う。ここでは、改稿の問題に目を向けながらも、あくまで「マリカの永い夜」の固有の特性に迫ることを試みたい。

「マリカの永い夜」は、医師をやめたばかりの「ジュンコ先生」が、十年の付き合いである「多重人格」の患者「マリカ」、また彼女の別人格である「オレンジ」と一緒にバリを旅行する六日間を、ジュンコとマリカそれぞれの語りを通して描く小説である。この二人（三人？）の旅は、確たる目的を持たず、「ガイドブック」に導かれるバカンスとしてのものであり、小説もまた何らかのクライマックスに向けて直線的に進行することなく、観光の過程に即して緩やかに展開していく。そうした展開を通して、この小説は、〈むきだしの真実の自分以外はひねりつぶされてしまうような〉バリの鮮烈で美しい風景・事物や人々の様子と、その空間の中で変化していくマリカ／オレンジの姿を描き出していくのである。

さて、この小説の特徴として注目できるのは、「多重人格」（現在では「解離性同一性障害」と呼ばれる）というテーマだろう。九十年代の日本では、ダニエル・キイス『24人のビリー・ミリガン』（早川書房、92年）刊行を契機とした「多重人格ブーム」が起こっているが、小説「マリカの永い夜」も明らかにその影響圏内にあると言える。実際、作中には「多重人格」に関する知識が繰り返し織り込まれており、マリカに関する設定（「多重人格」の原因が幼児虐待とされることや、マリカの人格交代のあり方など）も、同時期の典型的な「多重人格」言説と重なり合うものだ。ただし、「マリカの永い夜」の物語は、同時代の「多重人格」に対する関心と単純に方向性を共有しているというわけではない。例えば、マリカが〈本質的にいい子〉とされることも端的に示すように、「人格」の同一性に対する疑いや、人間の精神の不確かさや流動性を問題化するようなベクトルは、この小説には稀薄であるように見える。また、マリカの多重人格の原因になった虐待や、人格が複雑に現れていた時期のことも、作中では過去のこととして簡略に触れられるにとどまる。この小説でスポットをあてられるのは、マリカの中に最後まで残っていた十三歳の少年の人格オレンジと、そのマリカとの恋愛に近い結びつきである。そこでは、ジュンコ先生の語りを通して、一つの身体に複数の異なる〈魂〉が宿っているということの不可思議さ、またやがて消滅していく〈星よりもはかない、意味だけの存在〉としての人格＝オレンジの存在の意味が、哀惜の想いとともに繰り返し問われていく。ここで「オレンジ」という人格は、マリカの心の一部でも、病的な症候でもなく、確かな輪郭を持つ独立した存在として扱われていると言っていい。そしてこうした方向性は、最終的に、いわゆる「多重人格」の問題とは決定的に異質な地点にテクストを導いていると見られる。次にあげるのは、オレンジがジュンコ先生に宛てた最後の手紙である。

ぼくはこれからマリカを離れ、バリにしばらくいて、ここのいろいろな存在と話してみます。ぼくはどこから来たのか。どこへ行くのか。

それから、もしかえれたら、ぼくがいたそもそもの場所に、帰ってみます。

（中略）

ぼくはさまよえる霊のようなものです。

もしもどうしようもなくなって、行くところがなくなったら、なんとしてでもマリカのもとへかえります。そのときは、かならずあなたの推薦してくれる医師によって、あなたの立合いのもとに催眠をかけ、ぼくとマリカを融合に導いてください。ペインたちのように。

ここで、オレンジはほかの人格たちと異なり、マリカの外からやってきて、マリカの身体から離れていく〈さまよえる霊のような〉存在とされる——ちょうど、バリの空間の〈そこいらじゅうに〉いて、時に人の夢の中にも忍び込むような不可視の存在たちと同様に（「バリ夢日記」では、夢を通したバリの〈精霊〉的存在との遭遇が繰り返し語られている）。〈医師をやめたばかり〉というジュンコ先生の設定は、「多重人格」に関する知識を多く織り込みつつも、決定的に異質な方向性に向かうこのテクストのあり方と対応していると見られよう（言いかえれば、こうした設定においてこそ、ジュンコ先生は「オレンジ」という存在の不可思議さを証言するにふさわしい存在でありうるのだ）。ちなみに、「マリカのソファー」においては、こうしたオレンジをめぐる意味づけは削除・改変され、あくまで「多重人格」という枠組みに収束する物語に書き換えられている。このことから見て、作者の言う「マリカの永い夜」の不自然さとは、一つにオレンジの神秘主義的な意味づけに関わると考えられるだろう。しかし、こうした「多重人格」言説の枠組みから逸脱する要素は、むしろ「マリカの永い夜」が、バリの空間との交通を通して生み出された旅のテクストであるということを鮮やかに物語っていると見ることができる。

そして、このような設定だからこそ、マリカとオレンジの別れは「失恋」としての意味を痛切に帯びることとなると見られよう。オレンジとの別離は、一方では、〈幾重にもへだてられた向こうに眠っていた真実の〉〈マリカのための新しいマリカ〉を目覚めさせていく。しかし、同時にそれは、〈いつもいっしょにいた〉存在の喪失として、〈激しい失恋の後〉のような痛みと孤独を彼女にもたらすことになる。そして、マリカを包み込む現実の居場所（＝「ソファー」）も、この小説の中では与えられることはない。よしもとばななの小説において、夜は、〈ある閉塞した状態、時間の流れが停止した期間〉（『白河夜船』あとがき）というイメージをしばしば伴う。それを踏まえれば、「マリカの永い夜」という表題は、オレンジたちに守られて眠り続けていた時間と、一人になり孤独に打ちひしがれる、終盤の夜のマリカの双方を指すと見ることができる。〈何回も揺り返しながら、少しずつ行くしかない〉――ジュンコ先生がこう語るように、マリカは単純に回復や成長に向かうことはなく、〈夜〉の時間の中にい続けている。しかし、その〈夜〉の消し難い深さがあってこそ、結末部でマリカとジュンコ先生に降り注ぐ〈すべてを洗い流すような〉朝の光は、恩寵としての意味を持ちうるのではないだろうか。それは、作者自身にも〈無理がある〉と呼ばれてしまうような危うさを帯びたこの初出形のテクストのみが放ちうる、固有の輝きでもあったと考えられるのだ。

（東北大学大学院専門研究員）

ＳＬＹ――現実の旅から小説の旅への離陸――

岩崎文人

『ＳＬＹ』は、〈世界の旅〉と冠されたシリーズの二冊目の作品であるが、旅行記でも紀行文でもない。小説である。この作品は一九九五年春の十日間ほどの、吉本ばななと幻冬舎の石原正康氏、画家の原マスミ氏、写真家の山口昌弘氏、スタッフ四人の計八人によるエジプト旅行に基づいているが、小説で旅をするのは、主人公のジュエリーのデザイナーである〈私〉清瀬と〈私〉の元恋人である細谷喬、喬の元恋人日出雄、途中で三人の旅に加わる〈日本とイタリアで彫金を勉強していた〉ユキコである。実のところ、『ＳＬＹ』は、原氏の挿画、巻末の山口氏の写真四十数葉とその解説が〈世界の旅〉エジプト紀行の体をなしている、といってよい。

小説の内部に分け入る前に、タイトルとなった「ＳＬＹ」についてさきにふれておく。

「ＳＬＹ」は、イングランド西部に位置する港湾都市ブリストルを拠点に活躍するマッシブ・アタック〈MASSIVE ATTACK〉の２ｎｄアルバム「Protection」に所収されている「ＳＬＹ」からとられている。作中にその一節（山崎智之訳）が引用されているが、実際のところ、歌詞と小説との関わりは、モチーフとなっている〈時間〉という共通項はあるものの、それほど緊密ではない。むしろ、この曲が有するテンポと曲調が小説内を支配する情調と精妙にひびき合っているのである。この曲が流れるのは、喬の家で催されたホームパーティの翌日、喬がＨＩＶポジティブだと告白したさいである。それはひとり喬の問題であるだけでなく、〈もともとは男しか好きにならないタイプ〉の喬の、女性では最初のガールフレンドであった〈私〉の問題でもあるし、喬の恋人であった日出雄のものでもあった。

少しばかり込み入った、喬、日出雄、〈私〉三人の関係について整理すれば、次のようになる。

〈私〉が〈掛け値なしに上品でいい人間〉である喬とつきあい始めたのは十数年前、長野から東京に出、美術の専門学校でデザインを勉強していた一七歳の時である。それから長い間一緒に暮らし、別れる。日出雄が経営している店の内装を喬がしたのを縁に、二人は親密になるが、三年前くらいに別れ、喬は、現在、画家のミミと一緒に住んでいる。ただし、ミミは、喬がエイズ感染者であることを知り、パーティの夜から喬のもとを離れ、〈ゆくゆくは喬の好きなところで暮らしたい〉と思いながらも、ひとりアトリエで寝泊まりしている。

海外旅行の話は、〈一緒に海外に行ける〉のも〈今のうち〉かも知れないので、〈思い出を作りに〉三人で旅行をしよう、という日出雄の発案できまり、エジプトは、かつて、〈遺跡から発掘された宝飾品に興味を持っていた〉〈私〉と喬とが〈計画を練った〉旅行先でもあった。

かくして、喬、日出雄、〈私〉の三人は成田から旅立つ。日出雄と〈私〉は、二人で受けたエイズ検査の結果を聞きに行くことも先延ばしして。

ところで、HIVポジティブの喬、エイズウイルス感染の可能性をもつ日出雄と〈私〉三人〈ユキコを加えれば四人〉が旅する小説の旅〈物語〉は、死のイメージに充ちている、といってよい。しかも、それは、〈驚くほど明快に生命の流れ〉を表象するナイルの風景やピラミッドの〈圧倒的な存在感〉などによってより印象づけられてもいる。

エイズ発症の不安をかかえた喬は特別としても、そもそも、日出雄は、中学生の時、火事で親と兄弟を亡くし、友人をエイズで喪う、という〈どうしようもなく大きな何かをいやおうなしに見てしまった経験〉を持つ。〈私〉は、長野の市内でひとりっ子として育つが、山の中にあるホスピスでアルバイトをしていた中学生のとき、小学生の男の子が肺がんで亡くなる。その時から〈私〉は、〈生き死に〉について考えるようになる。

旅に出る前の喬と〈私〉は、唐突に、「ルパン三世」（原作モンキー・パンチ）でルパン役をつとめた声優山田康雄の死（一九九五年三月死去）を話題にしているし、カイロタワーのエレベーターに乗るときは、日出雄はエレベーターが壊れて死者が出たことを話し、クフ王の大ピラミッドでは、〈強風に吹き飛ばされて、落ちてぐしゃぐしゃになって死んだ人〉がいたことが記されている。三人の不安、孤独とは無縁の〈真っ黒に日焼け〉した〈小鳥のような女性〉ユキコにしても、飼っていた猫が死ぬるたびに、庭の梅の木の下に埋めた話をし、三人に蘊蓄を傾けるのは、〈エジプトの死後の世界〉である。そしてなにより、〈私〉が生まれて初めて目にしたエジプトの神殿は、一度水没してしまったフィラエ島のイシスとハトホルの神殿であるし、エジプトの旅を象徴する〈ピラミッドが立ち並ぶ空間〉は、〈死の岸辺、巨大な墓の空間〉として把握されている。

死のイメージに色濃くおおわれたかに見えるエジプトの旅の〈物語〉のなかに、変わらぬ友情と、ささやかではあるが、〈幸福〉〈希望〉が描かれている箇所がある。これこそが、おそらく、この〈物語〉の救い・主題であり、作者のメッセージなのだ。

たとえば、喬は、〈泣き腫らした目をしていた朝もあれば、声をかけられないほど沈み込んで景色を見ている時もあった〉が、それとともに、〈かつてないような幸福さを輝かせることもあった〉のだ。トトメス三世の石棺が安置されている玄室で、〈私〉は、〈私たちが残そうとしていることは何ひとつ無駄ではない。私たちがささやかに心を込めてこうしてさまよっていることはどこかに〉〈記録される〉だろうし、〈そしらぬ顔をしようとつとめている日出雄や考えないようにしている私や、私たち三人を楽にしてくれるユキコや、私たちへの愛だけを感じ続けようとしている心優しい喬の強さは〈宇宙のどこかにきちんと残る〉と確信する。

『SLY』は、次のような一節で閉じられる。

目が覚めたら、日本だ。

たまっている仕事もあるし、喬の体が奇跡的に治ってしまうわけでもなく、検査の結果も聞きに行っていない。

そして喬を見る度に胸の奥に生じる黒くて重い固まりはもう消えることはない。私たちはそれをずっと抱き続けたまま過ごしてゆくより他ないのだろう。これからもぞっとするほどいろいろなことがあり、多分間違いなく私と友人たちの人生には楽しくてしかたないことのほうが少ないのだろう。

それでもその時、何もかもそれほど悪くないような希望のかすかな匂いが、香水屋でかいだ新鮮な花の香りのような感じでふと香ってきた。

気休めかもしれない。でも、確かに私はそれをかいだのだ。

がしかし、ここで言葉を添えておきたいのは、これはエジプト紀行の終わりであって小説の終わりではない、ということである。その是非はここでは問わないが、『SLY』のおおよそ三分の一を占める最初の「暗示、美しい日本の夜明け」「検査、自然を渇望すること、深夜の電話」「長野の真っ暗な夜」「成田の別れ」の章で展開された〈物語〉のその後は、いっさい記されない。たとえば、旅行に出かける前、喬のすすめで受けた日出雄と〈私〉とのエイズ〈検査の結果〉、あるいは、画家のミミと喬とのこともすべて読者の想像力に委ねられている。

（広島大学名誉教授）

『ハチ公の最後の恋人』――脚の先にあるもの――

石川偉子

本作品は、一九九四年一〇月にメタローグから刊行された中篇の書き下ろし作品である。〈超能力者でいろいろ予言したり、人を助けたり、病気を治したり〉する祖母を中心に、〈「慈しみの家」〉という〈小さな宗教のようなもの〉をやっている家に育った少女・マオが、祖母の予言めいた①将来、絵を描くようになる。②家の跡を継いではならない。③インドから来たハチの最後の恋人になる。という三つの遺言に導かれるように青年・ハチと出会い、ハチがインドへ旅立つまでの一年間という期限付きの同居生活を描く。

物語の中心は、中公文庫版（一九九八年八月、中央公論社）の解説に〈運命に導かれて出会い、別れの予感の中で過ごす二人だけの時間――求め合う魂の邂逅を描く愛の物語〉とあるようにマオとハチの関係にあり、超自然的な何かによって繋がり深まっていく精神的な有様は、多くの読者を惹きつける本作の魅力となっている。作中の二人の関係は、マオがハチを〈私の内臓の延長〉と感じるほどに二人のみで満ち足りる〈「甘い生活」〉であると語られるが、決して明るいものではなく、二人の進む先に決定事項として別れがあることを考えると内向的な憂いを感じさせる。しかし、物語は決して後ろ向きではない。むしろ、閉塞した状況を乗り越えていく進行性にあふれ、それは、マオの身体に強く現れていよう。本稿では、マオの身体に着目して考察したい。

マオの身体は、自らを〈透明な人間〉として、多くの人々が集う街頭に身を置いても〈自分だけ、それで自分もいない。〉と感じるような、その存在が不確定かつ周囲から疎外されたものであり、加えて、〈自分の感情だけを抜きにして生きてきた〉と、身体だけでなく自身の感覚さえも抑制していることを考えると、自己存在に対するマオの認識は極めて希薄であるといえる。こうしたマオの感覚は、〈私の家を私の家族だけが住む家にしたい〉という希望を持ちつつも、〈私の父親が誰だか〉不明で、母は〈私に興味を持っているひま〉さえ無いという、〈私〉の基点となる家・家族が無いという喪失感に深く根差したものである。このようなマオにとって、背中に〈お父さん〉を感じたハチと、〈「おかあさん」〉と慕うバイク事故で亡くなったハチの彼女は求め続けた家族であり、その出会いは、二人を父母としたマオの新生の瞬間であったといえる。

なぜなら、マオは二人との係わりの中で新たに〈私〉を再構築していったといえ、それは、〈「おかあさん」〉によって身体を、ハチによって感覚を、という順序を経て成される。まず、〈「おかあさん」〉は亡くなる前日の夜、〈熱い体〉を押し付けて、〈本当に解剖学的に、人間の成り立ちを確かめるように〉マオの〈幼い体〉をまさぐる。そして、初めて〈あんなところに指を入れられ〉る行為は、かつて通った母の産道である生殖器を意識することであり、それは生れ直しを思わせる。ともあれ、〈「おかあさん」〉による皮膚を刺激し、触覚に直接訴える行為は、それまで〈透明〉であったマオの身体に輪郭を与え、生の実感を呼び覚ますものであった。次に、ハチによって、マオは抑制していた感覚を再認識する。それは、ハチの裸を見ることで〈人形の目であった私の目が突然見開かれ、体中の器官と連動して欲望を写した。すり込みのように、はじめての欲望を。〉感じたというように、それまで萎縮して小さくなっていた感覚をハチというフィルターを通して改めて知覚し、〈体中〉で感じる自己の感覚として回復させることであり、〈痛みを自分から切り放すやり方〉や感情を発散させる〈生きたテクニック〉を知るハチと過ごす時間の中で、視覚・聴覚・痛覚といった諸感覚を再認識し、マオは希薄であった自己存在を確かなものとしていく。

マオが自己の身体・感覚を再認識し、〈私〉を再構築した次には、自分自身とその身を置く空間との関係が問題として浮かび上がる。そこで注目されるのが、作中における《脚》の存在感である。ハチや〈「おかあさん」〉に出会う以前のマオは、家出の計画をしても叶わず、〈切なくむきだしになったどこへも行けない足〉を悲観し、一所に静止していた。しかし、マオの〈どこへも行けない足〉は、〈「おかあさん」〉によって身体感覚が呼び覚まされたその夜、〈「おかあさん」〉に手を引かれて動き出す。そして、ハチと共に〈たくさん、息が切れるほど、二人で歩いている嬉しさで目がくらみながら。〉家を飛び出して以後、マオの脚は活発に動き、〈潜水をしてなにかを取ってくる〉ようにして自分の中にあるイメージを絵で表す〈体を使った喜び〉を知り、町を歩くことで〈生きている〉自然や人間を感じ、その中に〈自分の手足を泳がせる毎日の喜び〉を覚えていく。また、新しい友達と街中を闊歩して人生は悪くないと感じ、〈私は私の人生を切り開くことを考えはじめ〉る。このように、作中におけるマオの脚は、動くことによって継起的な出来事の連鎖を繋いでいくとともに、その運動性は、マオ自身とその周囲を活性化させ、眼前に迫りくる家族・将来・ハチとの別れなどの問題を乗り越える力となっていく。

こうしたマオの脚の運動性が最も強く現れるのが、母と共に〈「慈しみの家」〉から逃げ出す場面である。マオと母は〈門を駆け抜け〉、夜逃げのように慌てて〈夜が近い街を走〉る。母は祖母の遺骨と宗教団体の看板を、マオは今後の生活に必要な荷物という、二人のこれまでとこれからを抱えて、何かに追われているわけでもないのに〈あわてきって走〉る。そして、マオはこの時、狼狽する自分たちの姿に〈このことに関わってしまっている証〉を感じ、その感覚は〈移動しながらでないと得られない感覚〉であると知る。これは、マオが現実の問題に対峙し、その只中に身を置いているということであり、運動するマオの躍動感に満ちた身体が、自己を取り囲む空間と自分自身を結ぶ縁となっている。脚の運動性は、空間にマオの身体が在ることを顕示するだけでなく、身体を空間に存在させるための源となっているのである。

こうした脚の運動性がもたらす解放感や進行性は、反対に、脚の動きが止まったときに現われる閉塞感を際立たせる。では、再び動き出したマオの脚が止まる瞬間はあるのだろうか。それは、マオとハチが〈お別れ旅行〉先の伊豆から東京へ帰るバスの車中、二人の〈並んですわった足が、もものところが触れ合って〉いる瞬間だろう。マオにとって、動き続ける身体こそが自己存在を透明化させず、現在に生きることを可能としていることを考えるならば、その運動が停止した状況は死をも意味するものであろう。しかし、マオの脚を止まらない。マオはハチとの別れを翌日に控えた夜、夢を見る。それは、二人で〈人波を泳ぐように〉交差点を行き、CD屋・ビル・デパート・レストラン・映画館・ライブハウス等と移動し続け、その上、別れ難くて〈家まで歩いて帰るか、散歩〉するという徹底して脚を動かす一日であり、その後も、ハンバーガー店・本屋・ダンスというように、夢の中のマオはハチと共に歩き続ける。これらの夢に見た願望はハチへの心残りを思わせるが、マオにとって重要なのは、歩く／走ることによって脚の先に〈生きている時間を刻んでいる〉という証を見つけること、脚を動かすことによって一人一人の〈「今」〉を知ることである。マオにとって脚を動かすことは、自身が置かれている現在を知ることであり、別れを受け止めるには脚の動きを止めるのではなく、動かさなくてはならないのである。

そして、ハチとの別れの後も、マオはアレッサンドロ・ジョバンニ・ジェレビーニと人波の中を〈無邪気に彼と腕を組んで歩〉き、別れの悲しみに〈私はハチを忘れないが、忘れるだろう。〉という答えを出し、進んでいく。マオの身体を通して本作に見えてくるのは、不明瞭であった〈私〉を取り戻し、自らの脚を動かすことが生きる証であり糧となることを知った一人の少女の姿である。

（一橋大学大学院生）

カリフォルニアの光と影——『ハネムーン』——

一柳廣孝

この物語は、語り手であるまなかの〈私は小さい頃から自分の家の庭が好きだった〉という回想から始まる。彼女は庭に座り込み、空を見る。足下の苔や蟻を見る。そしてまた、空を見上げる。まるで庭を入口にして、極大と極小の自然の狭間へ自らを溶け込ませようとするかのようだ。この間、時間はあっという間に過ぎ去っていく。自然とアクセスしているとき、彼女の時空はこの世を超越する。

この庭は、彼女にとって自らの〈感覚が出発した地点、永遠に変わらない基準の空間〉である。物語の基本的な場所もまた、庭が座標軸となる。路地の奥にあるまなかの家と庭、竹垣をはさんだ裕志の家。このきわめて限定された空間の中で彼らは行動し、この空間に不協和音が生じると、彼女は近所の公園へ散歩に出かける。さらに大きな危機に直面したときは、一気に遠い場所へ身を移す。物語の中で二度しか起きないこの大移動は、〈見知らぬ景色を見たり、大きな自然を感じたり、日常ではない空間に身を置く〉ために行われ、〈もっと大きくて美しいものを見〉ることによって、彼らを次のステージへと導く役割を果たしている。

さて、彼らが日常生活を営んでいるミニマムな空間では、まなかの家はバランスが良くて明るい、調和のとれた空間として機能している。一方裕志の家は、きわどいラインでかろうじて日常性を保持している、危うい空間である。裕志は竹垣を乗り越えてまなかの元に通い、彼女と、そして彼女の飼い犬のオリーブと心を通わせることで息をついできた。つまり、心理的にまなかの〈うちの子になる〉こと、まなかの家の空間に同化することが彼にとって必要だった訳だ。

裕志を窒息させてきたのは、幼い彼を捨てて信仰を追い求め、アメリカに移り住んだ彼の両親の影である。残された彼は祖父と住むが、この家には〈ものすごく気味の悪い祭壇〉があった。裕志の両親の置き土産である。骸骨や醜い聖者像、生臭い小さな壺などが飾られた不気味な祭壇のたたずまいや、両親の渡米先がカリフォルニアだったこと、後に彼の父が所属する教団の信者たちが毒を飲んで建物を燃やし、彼の父も含めて集団自殺したことは、例えば一九七八年にガイアナでおきた人民寺院の集団自殺事件、または一九九三年にブランチ・デヴィディアンが警察と銃撃戦を演じたあげく本部を爆破した事件などを想起させる。この祭壇が象徴しているのは、カリフォルニアを中心とする多様な新宗教、カルト運動の負の側面の記憶と言っていいだろう。

またこの物語には、ニューエイジ思想の影響が色濃い。まなかの自然志向には、科学合理主義と対峙する全体論的な世界観、現実世界を有機的な統一的全体と捉える発想がかいま見える。彼女は言う。〈花が咲いて散ることも、枯れ葉が地面に落ちることも、全部が次にいつの間にか、遠い所でつながっている。人間だけがそうでないことがあるだろうか〉。そんな彼女にとって、夜明けと夕方は特殊な時間帯である。〈なにを告白しても許される曖昧な時間〉〈唯一の安らぎの時間〉。彼女の感覚は、論理的思考に先行する。このような感性をもつまなかは、彼女が語り手であるという意味も含めて、物語内で時間的にも空間的にも〈まんなか〉に立っている。

一方で彼女の両親にも、同様の感受性が存在することは想像に難くない。彼らは学生時代、仲間と海辺で家を借り、自給自足の生活をしていたという。後にまなかの実母は、自らの神秘体験、未来予知について語っている。おそらく彼らは、六十年代末期以降のヒッピー文化の洗礼を受けている。だから自己超越、悟り、神秘性などにきわめて親和性が高い。このヒッピー文化の鬼子のひとつが七十年代から活性化するカリフォルニア・ムーブメントの魔的な展開であり、その暗い波動に引き寄せられたのが、裕志の両親なのだろう。その意味ではまなかも裕志も、ヒッピー文化の第二世代なのである。

しかし、この意味領域は、裕志にとってはあまりにも重い負の遺産だった。オリーブの死、祖父の死は、彼に自らの空間の再編成を促す。彼は祖父の遺品をひたすら整理しつづけるが、そうして生み出された空間は、ただ虚ろなだけである。だが、まなかと二人で祭壇を焼き捨てることで、彼はこの家の呪縛から解放される。彼はもう〈どこにでも行ける〉。とはいえ、家の中に漂う虚無感が完全に消えた訳ではない。裕志の家は〈なすすべがないほどがらんどう〉だ。この虚無から抜け出す唯一の方法が、まなかとともに遠い場所へ移動すること、オーストラリアへの〈ハネムーン〉旅行だった。

ここまで述べてきたように、まなかの語りは彼女と裕志の精神の抗争を焦点化する。彼女の関心は、主にこの点に集約されている。彼女は言う。〈大切なのは入れ物よりも人の心だ〉。そして彼女は、自分の感受性をとても大事にしている。〈ていねいに感じることができるコンディションでいること〉。そのためには〈空や、草花の息吹や、土の匂いがとても必要だ〉と彼女は言う。しかし、あまりにも精神的に落ち着きすぎると〈ふわりと体が浮いているような感じがして、あまり飲んだり食べたりしなくても平気になってくる〉。

この鋭敏な感覚は、夢を通して現実世界に影響を与える。まなかが見る夢は、彼らの危機に対して即座に反応する優秀なセンサーのようだ。彼女は夢の示唆に従い、ただちに行動する。まなかにとっての夢は、しばしば〈私が思っている私よりも、私の心を素直に表わしている〉。そして夢は彼女に、日常のもろさを思い知らせる。

しかし、このような感覚や超感覚の横溢は、それだけ物語内において〈肉体〉が希薄であることを意味してもいる。まなかは、自分も含めた周囲の人物の容貌や身体の特徴を、まったく語らない。だから読者は、彼らの姿を思い浮かべることができない。また、まなかと裕志はセックスに対してきわめて淡白であり、執着しない。こうした精神的な世界は、時に彼らにイレギュラーな動きを強いる。例えば祖父の死後、遺品の整理に没頭していた裕志が、自らの内部を埋め尽くすかのように、ひたすら釜あげうどんを食べ続けたように。

不断に揺れ続ける精神と肉体のアンバランス。それでも彼らを包む自然は、いつも変わらない。オーストラリアで、岬の突端から海で遊ぶイルカを見つめながら、まなかは思う。〈自然は風景を変えてゆくことで透明な針をゆっくりと回している。私の庭で起こっていることと全く同じスピードと方法でただスケールを巨大にした、いつもの時計がここにもあった〉。

〈幽霊みたいに影を薄くしてないで、とにかく生きなくちゃ〉と宣言した裕志は、帰るまでに一回はセックスしようとまなかに告げ、さらに〈とりあえず帰ったら犬を飼おうよ〉と提案する。彼らは大きな一歩を踏み出した。〈私たちは誰もが、はるか遠くから見たらきっと過酷な冷たく荒い海の中、灰色の波にまみれて、泳いで、遊びに遊んで、やがてなくなりこの巨大な世界のどこかに溶けてゆく〉。そして、それはきっと〈とほうもなく美しい〉。

とはいえ、彼らの物語がこの先も美しいという保証はどこにもない。オーストラリアで裕志は、まなかの顔を見ているうちに、彼女が〈椿の下に立っていて、ひざ小僧が泥だらけで、妊娠している〉というビジョンを受ける。このビジョンはもしかしたら、彼らの行く末の困難を暗示しているのかもしれない。だが、この話を聞いたまなかは、未来よりも今の光線の方が美しくて強いと考える。今が積み重なった向こうにしか、未来は存在しない。それを知る彼らは、誠実に今を積み重ねて生きていくはずだ。だとしたら、やはり彼らの物語は、美しい。

（横浜国立大学教授）

ハードボイルド／ハードラック――中村三春

『ハードボイルド／ハードラック』（09・4、ロッキング・オン）は、「ハードボイルド」と「ハードラック」の二つの短編がカップリングされた小説である。

前半の「ハードボイルド」は、「1、祠」から「7、朝の光」までの七章にわたり、山道を歩いてあてのない一人旅をしている「私」が、目的地のホテルで一晩を過ごす話である。この単純な物語が、幾つかの理由から複雑な構成を身にまとう。一つには、これは現在と過去、現と夢とが交錯する小説である。またもう一つは、「私」の霊感の力である。「私には、全く超能力というものはなかったけれど、ある時期から目に見えないものを少し感じるようになった」。これによって、この短編は、現実・現在・過去・夢・霊が綯い交ぜとなり、結局、現在の現実が過去・夢・霊によって浸食され、構築されていることが目の当たりとなる。

始まりは、道中で見かけた「謎の祠」であった。そこに「小さい卵みたいな真っ黒い石が十個くらい輪になって置いてあった」。この石は、たどりついた町の不味いうどん屋で、拾った覚えもないのにポケットから転がり出てくる。後で、そのうどん屋が小火を出したことが分かる。またこの石は、ホテルの風呂のタイルにも埋め込まれていた。「私」は、「このホテルはつながっているんだ」と感じ、妙に納得する。この卵のような黒い小石は、夢と現、現世と他界とを結ぶ入り口の石である。

「私は女性でありながら、一度だけ、女性とおつきあいしたことがあった」。その相手の女性・千鶴は、二人が別れた後、部屋の火事のために亡くなってしまう。ホテルの部屋で見た夢の中に、千鶴が現れる。千鶴は「河原から取ってきた石なの」と言って黒い石を並べ、命日（千鶴自身の）のお供えをする。目覚めた「私」の部屋に、バスローブ姿の女が訪れる。妻のある彼に部屋から追い出されたと言う彼女の前で、「私」は育ての母に持ち逃げされた父の遺産を取り戻したことや、千鶴との過去の出来事を想起する。この回想の中でも「私」は、既に死んでいたはずの千鶴と電話で話したり、千鶴と最後に別れた場面を夢に見たりする。

だが、その女について訴えた「私」に対して、ホテルのおばさんは、それは幽霊であり、妻子ある学校の先生と無理心中を図って自分だけ死んだと告げる。結局おばさんの和室に寝る羽目になった「私」は、最後にまた千鶴の登場する「とてもリアルな夢」を見る。そして千鶴は、さっきの夢の中の自分は自分ではなく、今の夢に出ている「この私は、本物の私」であり、あの「変な祠」以来、「困っているみたいだったから、ずっと見ていたの」と言う。

これは、生者にとっての死者の重さを語る物語である。これを単なる幽霊話ととらえるのでは、このような小説が読む者に対して不思議に力を与えてくれる理由が分からない。生と死とは、小石・夢・幽霊を介して連続しており、生きるということは、既に死んだ者、消えてしまった過去とともに生きるということなのである。それが現在に対して、生きる力をもたらす。「生きた人間がいちばんこわい」とは、「私」とおばさんに共通の思想であり、死者や幽霊の方がむしろ人間らしいのである。生は、死者の力を借りて行われる営為にほかならない。「私」の旅は、一種の再生の旅と言えるだろう。

後半の「ハードラック」は、「ハードボイルド」と比べると、ずっと単純な構造となっている。これは、

「1、十一月について」「2、星」「3、音楽」のシンプルな三部構成である。ただし、突然の回想が介入する頻繁な場面転換を伴う文体は、これら三編に共通する。「私」は大学院でイタリア文学を研究し、もうじきイタリアに留学することになっていた。「私」の姉は結婚退職のための徹夜の連続の結果、脳出血で倒れ、外部呼吸器だけで生かされた「植物状態」以下の状態に陥っていて、後に亡くなる。主要な物語は、「姉がしゃべっていた頃」の回想と、姉の婚約者の兄である境くんと「私」との関係である。

「彼のイニシャルを入れ墨する」と言うほど、恋愛に関して一途だった姉。だが婚約者その人は、「姉の大事故にショックを受けて、実家に帰ってしまった」。それに対して、境くんは普段は関係ないのに、突然のように病院に足繁く見舞いに来るようになるのだが、それが、「私」を好きだからということに「私」は気づくことになる。境くんは「太極拳の特殊な流派の先生」をしている四十歳を過ぎた男で、「私」の方も彼のことが好きだった。なぜなら、「私」はもともと「昔から奇人変人に弱い」からである。

ある日病室で、境くんと「私」が二人でいる時に、姉の好物である「みかんのようなもの」の匂いを姉にかがせ、姉が起き上がって「いい匂い！」と言う場面を見たが、その場面を「見た?」と尋ねた「私」に境くんは「見たと思う」と答え、さらに、「今のは、みかんが見せてくれた光景だ。みかんのほうが、くにちゃんに愛されたことをおぼえていて、なにかをよみがえらせて見せてくれたんだ」と説明する。彼と「私」が同じ白日夢を見たことが不思議であるが、その上、彼の説明がまたさらに不思議である。

それは現実と霊界との通信というよりも、むしろアニミズムの霊感のようなものである。そしてその霊感を二人はつかの間、分かち合う。「世界はなんていい所なんだろうね！」とその後に言う境くんの言葉で、「私」は大泣きをする。境くんと姉について語り合ううちに、「私」は奇跡に思えるような時を過ごす。「たまらなさも、涙も消え、この宇宙の営みの偉大さがまたこの目の中に映るふとした瞬間、私は姉の魂を感じる」。

こちらは「ハードボイルド」のような旅の物語ではない。ただし、境くんだけでなく、病院に泊まり込みで疲れているはずの「私」の母、父、同僚、さらに姉の婚約者が、それぞれ姉の現状そして死によっていかに揺り動かされたのか、短い頁のうちにまざまざと点綴されている。しかし、「つらいなあ、つらいことだなあ」と言う父と語り合った後、「熱いものが食べたい」と言う父に、鍋の材料を買うために「じゃあ、スーパーに寄って」と会話した後、「姉はたまらなさだけでなく、ただただ濃い時間を与えてくれている」と「私」は痛感する。

呼吸器が外されて姉が死んだ後、「私」は境くんに姉が最後にMDに編集していた曲がアース・ウィンド&ファイアーの『セプテンバー』とユーミンの『旅立つ秋』だったことを告げる。その曲を口ずさみながら二人で歩き、イタリアでの再会を約束するが、「でも今は、なにも考えられない」と「私」は付け足す。姉の死の混乱の中で、その混乱を通じてめぐり会った相手との未来を、ほのかに構想することによってのみ、「私」は生を持続できる。だから、ここでも生は、迂遠な形で死者が与えてくれたものなのである。

「ハードボイルド」と「ハードラック」の二編は、生者にとっての死者の意味、生にとっての死の意味を、各々の仕方で語った点において共通する。前者は、確かに夢・霊・記憶の交錯した、緊張と弛緩を繰り返す硬派な（hard boild）物語であり、後者は、厳しい運命（hard luck）を縒り糸として交わされる言葉の集まりである。やさしく、また細部をみつめる文体に彩られてはいるものの、このような死と生の交流、あるいは死を軸とする生の交流は、人の生命のあり方の重要な部分を探っている。吉本ばななの作品を読むことの、最も貴重な恩恵が、たぶんここにある。

（北海道大学大学院教授）

『不倫と南米』――不倫からも南米からも遠く離れて――

花方寿行

『不倫と南米』という短篇集は、不倫とも南米ともほとんど関係がないといったら、怒られるだろうか？単純に考えれば、これは暴論だろう。この短篇集は「世界の旅」シリーズの第三弾として企画されたもので、今回の旅行先は南米のアルゼンチン、ブラジル、パラグアイ。巻末には取材旅行の日程表も載っており、同行した山口昌弘による写真（作者が写っているものもある）が、原色によって南米らしさを表現した原マスミ（こちらは同行したわけではないが）による挿画と共に、文章を彩っている。もちろんこのシリーズの常として、本書に収められている七つの短篇は、この旅行で訪れた土地を舞台にするか、そこへの言及を含んでいる。そしてもう一つ、それぞれ独立したこれらの短篇を連作としてまとめ上げるモティーフとして、登場人物の誰かの体験として必ず織り込まれているのが、不倫という要素だ。

しかしそんないかにも分かりやすい基本設定にもかかわらず、この短篇集においては、「不倫」も「南米」もさして重要な役割を果たしていない。否、むしろ本書がいかにこの二つの要素から遠ざかることによって一貫した相貌を呈しているかを知ることこそが、吉本ばなな作品を読み解く上で重要な鍵を提供してくれるのだ。

まずは「南米」からみていこう。パラグアイのミッション遺跡が回想の中に出てくる「日時計」を除く全作品で、主人公が今現在いる場所として、南米の各地が設定されている。日本人観光客にも比較的ポピュラーなブエノスアイレスやイグアスの滝に始まり、やや上級者向けのアルゼンチン内陸部のメンドーサやミッション遺跡まで、それぞれは取材旅行の経験に基づききちんと描写されている。だが読者がその書き出しから、アルゼンチンやパラグアイに住む人々が織りなす「今」の手応えを期待したとしても、肩透かしを喰わされることになる。後で触れる唯一の例外を除き、主人公は現地の人と話すことすらなく、ただ観光客としてその場に滞在し、いかにも分かりやすく一般的な感想を漏らすだけだ。「南米」に関心を持って本書を読む人にとって、本書は吉本ばななというタレントが画面を横切ることだけが売りの、テレビの紀行番組のようなものでしかないだろう。

だがそんなことはどうでもいいのだ。本書に収められた七つの短篇において、「南米」は常にそこことの対照において主人公が思い出す過去と結びつけられている。「南米」が回想シーンに現れる「日時計」ですら、重要なのは遺跡を見ながら主人公たちが思い出すさらなる過去だ。そして広く目新しい南米という「外」が思い出させるのは、常にちょっと息苦しいくらいに狭い空間に濃密に詰め込まれた、愛する者との関係の記憶だ。それを最も鮮やかに象徴化したのが、「小さな闇」に登場する、精神を病んだ祖母を支えるために少女時代の母が入ることを選ぶ、ダンボールで作られた小さな家である。主人公たちにとって重要なのはいつでも、この記憶の片隅に残り続ける小さな場所の方なのだ。

このような「外」と「内」の対照は、吉本ばなな作品に一貫するキートーンとも言えよう。「外」が南洋諸島だろうと、沖縄だろうと、そこにいる主人公は社会の一員として現地の問題を共有することも、呑み込まれまいと足掻くこともなく、ただどことなく希薄な人間関係の中を浮遊している。その対極にあるようにみえて実は表裏一体の関係にあるのが、主人公が特別にこだわりをもち閉じこもる極度に閉鎖的な空間であり、こちらもまたキッチンやダンボールハウスのように象徴的だったり、単純に主人公が暮らす部屋や家として示される。「外」

の広さや希薄さは「内」の狭さや密度を強調するだけでなく、「外」においてもより広い人間関係を作り出すことのできない主人公の特性を確認する。主人公にとって世界の全ては、「内」に集約されてゆくのだ。

それではなぜ主人公たちは、この狭い世界に固執するのだろうか？　それを解く鍵が本書における「不倫」にある。本書の全短篇において、主人公は妻子のいる男性と現在付き合っていたり、過去にそうした経験を持っているが、自分に夫がいるのに別の男性と付き合うという例は皆無である。ここでの「不倫」は、「夫・パートナー以外の男性にも心が動いてしまった」という、恋愛対象の増加を指すことはなく、いつ相手に去られるか、いつ自分が耐えきれなくなって断念するか分からない、不安定な人間関係を代表するものとして扱われている。しかし問題が男女関係の不安定さのみにあるととっては誤りだろう。先に挙げた「小さな闇」では、不倫は祖母の狂気の原因だが、重要なのはそんな祖母の欲求に応えようとする母の感情である。「電話」の主人公を苦しめるのは、不倫関係そのものではなく、突然もたらされ確認もできない恋人の「死」の報せである。いずれの作品においても、主人公を苛むのは愛する者との突然の別れの可能性であり、彼女たちはその不安を抱えつつ、何とか生き続けようと苦しみもがく。「外」における人間関係の希薄さは、「内」における突然の虚無の予兆であり、これもまた『キッチン』以来吉本ばななががこだわり続けているテーマである。

『不倫と南米』の各短篇を結び合わせているのは、実際には不倫でも南米でもない。密接で狭い人間関係に息苦しさを覚えつつも、愛する者との別れに怯えるが故にそれにしがみつかずにはいられない、いかにもばなな的な主人公たちの姿なのだ。だからこそ本短篇集において「南米」がはっきりとした相貌を見せるのが「ハチハニー」と「窓の外」の二作だというのは、これまた示唆的だ。「ハチハニー」では、八〇年代の軍事政権下、誘拐され行方不明となった子供たちの情報を求めデモをするアルゼンチン人の母親たちと主人公の間に珍しく会話がもたれ、主人公は「愛する者を突然失う苦しみ」への共感に基づき、「外」の住人と交流をする。しかしここでも主人公はこの交流をきっかけに、「外」にさらに向かおうとはしない。母親たちが思い出させるのは自分の「母」の姿であり、物語は再び「内」に回帰する一方、軍事政権の問題は「かつて映画で見た」ひどく恐ろしい情報として、結局は主人公から切り離されて処理される。

一方逆の結果を生じさせるのが、「窓の外」におけるイグアスの滝だ。ここでは圧倒的な美しさと生命力を誇示する滝が、ばなな的な「内」の延長としての「外」でも、「内」に戻る口実に過ぎない対照物としての「外」でもなく、「内」とは全く異質でありながら、無視したり拒否することもできない存在として、「内」を相対化しつつ主人公に迫ってくる。「これを毎日見ることができるなら、唐突な死への恐怖も薄れると思うほどだった」と主人公は思う。「唐突な死」への恐れ故に、狭く小さな空間での人間関係にこだわってきたばなな作品の主人公にとって、そのオブセッションを薄れさせる存在ほどに圧倒的な「他者」はないだろう。自分たちが死んだ後も続いていくであろう自然の営みに思いをめぐらすことで安らぎを見出すという心理は「プラタナス」にも描かれているが、少々仏教的な諸行無常に接近しすぎていて、日本的であるが故にあまり他者性を感じさせない。これに対してそうした回収を拒否するイグアスの滝は、やはり特別である。そしてこの作品が巻末に置かれていることで、読者は見慣れたばなな的世界が違う世界へとつながり身を乗り出す瞬間のダイナミックな印象を胸に残して、巻を置くことになるのだ。

（静岡大学人文学部准教授）

マニエリスム的歪み——『体は全部知っている』——長谷川弘基

よしもとばなな（以下YBと記す）の小説には奇妙な違和感が伴う。そのような「違和感」の醸成こそ作者の企みだったのではないかと考えられれほど、YBの作品は「歪んで」いる。あるいは、「歪められて」いる。例えば、ここで取り上げようとしている短編集『体は全部知っている』の「明るい夕方」の中で、「歪み」は、

ふたりにとって「いつもの」道だったはずの道をこんな不思議な状況で並んで歩くことになるなんて，妙なことだと思った。片方は故郷を遠く離れそこで仕事を持ち、片方はお腹に赤ちゃんがいて、でも昔と同じ声の調子でぽつぽつと話し合うのは、共通の友達の，命に関わるかもしれない病気のこと。何もかも変わらず、しかし全てがちょっとずつゆがんでいるような気がした（118）。

のように表されている。他にも、「歪み」への言及、「歪み」の暗示が非常に目立つ。

そもそも、『体は全部知っている』という書籍の装丁が「歪み」を強く意識させる。即ち、ブックカバーには、タイトルが横組みで印刷されており、その印刷位置はギリギリにまで上辺に寄せられている。そして、表紙をめくると、扉ではこの同じタイトルが、今度は縦組みで、再び極端に左辺に寄せられている。扉に次いで現れるのは、横組みされた「目次」という文字、同じく横組みされた個々の短編のタイトルとページ数が続く。そのくせ、二ページに渡る横組みの目次は、横組みの常識である左から右ではなく、縦組みの作法に従い、右から左に

並べられている。さらに、続く中扉では、書籍のタイトルは縦組みに戻され、しかし、個々の短編のタイトルは横組みである。そして本文はもちろん縦組み。つまり、縦書きと横書きが倒錯的に共存した世界が、これ見よがしに冒頭から展開される。さらに、切り詰めたマージンに追いやられたタイトルは中心から大きく外れた存在を暗示し、ある種のバランス異常を不安と共に明示している。

いったん「歪み」を意識すると、YBの書く世界のいたるところに様々なタイプの「歪み」が配置されていることに気付かずにはいられない。彼女の特徴的スタイルとされる、等身大と覚しき女性の話し言葉も、実はこの「歪み」の醸成に大きく関係している。一例を引くと、次のような表現。

たまの休日、だんなが熱を出して妹が来られなくなったのでひとりで旅をすることにした私は、そう、山の中で何かの気配を感じた（「みどりのゆび」20）。

注目すべきは、読み飛ばしている段階では、誰にとっての「たまの休日」なのか、さらには、誰の「だんな」なのかさえもが明快でないという事実である。もちろん、再度読み直せば、誤解の余地は（おそらく）ない。「私」の「たまの休日」であり、熱を出したのは「妹」の「だんな」である。けれども、この引用箇所には何度読み直してもわからないことがもう一つある。というよりも、最初から問題にもされていないことが、永遠にとり残されている。「たまの休日、だんなが熱を出して妹が来られなくなったのでひとりで旅をすることにした私……」。予定外の一人旅をすることになった理由、「みどりのゆび」という小説世界の成立にとって決定的な働きをする状況を準備した理由が、「妹が来られなくなったので」と語られているが、この「ので」はいかにも心許ない、根拠とも理由とも原因とも言いかねる、あまりにさりげない「ので」である。つまり、この姉妹の関係も、年齢も、個々の家族構成も、具体的なことは何一つ明らかにされない。「私」にパートナーがいるのか、いないのかも（おそらくはいなさそうだが）わからない。こうして、ここにも一種の違和感が生まれる。

引用箇所に暗示された違和感は、より本質的には、「みどりのゆび」に偏在する時間操作によって作られており、その仕掛けは最初の一ページから顕著である。その夜の宿を目指して坂道を一人歩く私が、「前方に知っている誰かの気配を感じた」と始めながら、次の行では「家の前の道路にアロエがはみだして困ったね、という話題が出たのは、去年の冬のことだった」と、合理的因果性が示されないまま、時間も場面も大きく飛ぶ。その後の叙述は、気儘とも言えるほど自由に、読者にとって在って然るべき情報を欠きつつ、進められる。ナラティブにとって最も「自然」な時間的連鎖が分断され、登場人物を特定する情報にも欠落があり、小説世界の「安定性」を意図的に否定することによって、ＹＢに特有の「歪み」が作られる。

また、脳に障害があると覚しき、常識的社会通念では社会的弱者と見なされる人物を描いた「田所さん」では、

ここでは皆がじいさん、お茶いる？　とか、ばかじゃない、とか何しに来てるんだとか、と言いながらも目が優しい（中略）今いる会社では、たまに誰かが田所さんにやつあたりすることがある。いるだけでめざわりなのよ！　とか俺たちはあんたを養うために働いてるんじゃねえ！　と言ったり、（中略）ののしったりする(73)

とあるが、ここに描かれているのは明らかな矛盾であり、響いているのは、そうした矛盾に対して盲目である愚かな「私」の声である。相手をバカと罵りながら、その目が優しいと言える「歪み」。このような文学世界を秩序づけている原理が少なくとも合理的理性ではないことは明らかであろう。

以上のような歪みを生む文体的特徴は、もう一つの顕著な文体的特徴である一人称による語りと確実に、そして密接に関連する。物語における時間的・空間的飛躍は、一人称の「私」の脳裏に回想される内面の動きをその

ままに反映し、独断的に響く裁定は、主観的判断の限界をそのままに反映している。ある意味では見事な「リアリズム」である。しかし、この「リアリズム」は客観を尊重した十九世紀的リアリズムとは全くの別物。YBのリアリズムは、いわば主観的リアリズムであり、それが彼女の小説を「エッセイ風」に、即ち、歪んだ小説にしている。YBの「私」は全知ではないが、自分の見たこと、考えたことを、語り手という特権的立場を利用して、自由に存分に語る、たとえそれが偏った視点からの観察に過ぎないとしても。「私」は物語の登場人物でもあり、エッセイの書き手のようでもある。この二重構造こそが歪んだ一人称とも言える特徴を作り出している。

意図的に作り出された幾重もの歪み—その構造は「マニエリスム」とどこか似ている。マニエリスムとは、調和と均整を旨とした盛期ルネサンスの空間表現とは対照的に、かなり不自然に曲げられ、引き伸ばされた空間表現を特徴とした、ミケランジェロのシスティナ礼拝堂天井画やブロンズィーノの「愛のアレゴリー」を代表例とする、ルネサンス後期に興った美術的傾向のことである。YBはいわゆる古典主義的な三人称による安定した語りとはもちろん無縁である。しかし、ロマン主義的な等身大で現実的な一人称の視点も、やはり巧妙にずらされており、それが従来の小説的世界のバランスを崩し、歪みを作り出している。「体は全部知っている」と言うとき、「全部」という軽薄な一般化もまた、一般化・普遍化に伴う暴力性と関連して、乱暴に歪められたマニエリスム空間を想起させる。手足を不自然に引き伸ばし、身体を奇妙に歪めた表現を愛好したマニエリスムは、見る人を驚嘆させ、楽しませ、憤慨させる。消失点によって厳密に支配された遠近法的空間が作り出す絵画的幻想に食傷した目は、意図的にバランスを崩した新奇な世界を求め始めた。YBの微妙に歪んだ文体と構造も、合理的理性によって支配された小説世界ではなく、不合理な体が知っている世界をこそ描きたいという、作者の願望の反映であり、読者の期待の先取りと考えられる。

（岡山県立大学准教授）

「ひな菊の人生」――植物の喩による再生の物語――

杉井和子

お好みやき屋のおばあさんの死後、焼きそばを取り上げて〈もうないのに小説は書くことができる、それも人生の神秘〉とした作者の言葉がこの小説の核だ。身体の記憶にまつわる焼きそばは、過去を喪ったモノで示す作者の原始的なモチーフである。のちに書かれた「ハゴロモ」でも、モノは〈たくされた〉何か、〈過去からやってくる〉もの、〈遺してゆく力の重み〉を持つものである。「キッチン」に始まるばなな作品は、〈私〉の居る場所を把むために、迷子のように現実と夢の世界を浮遊する旅を書き込んで来た。川崎賢子は、作品中の淋しさに注目し、その根拠を〈自分自身を逸脱する力、予想のつかなさゆえ〉と説明する。〈私〉の模索は続けられるが、「ひな菊の人生」にきて、眠りが生み出す主客未分、さらに主体と容体が分裂するそれまでの〈私〉のありようから一歩脱けて、統括する境地に入ってきたように思われる。題名の「人生」のなかに、作者が〈寓話をつくろう〉としたことの余裕を認めることができるからである。

「ハゴロモ」で曖昧さの自分に許しが与えられるのも、癒しや再生の方向が徐々に固まってきていることを裏付ける。それを可能にしたものは何なのだろう。「ひな菊の人生」（『CAT』98・11〜00・1）は、加筆訂正された黄色表紙の小説と、奈良美智の十五の場面の絵の赤色表紙のセットで出版された（ロッキングオン社、00・11）。作者が〈私の中でも異色〉と言う通り、崖の途中の家の夢・居候生活・いちぢくの匂い・再生・写真・雨・首の話という小タイトルがつき、小説と絵とが相互にイメージを通わせる点は新しい。眠りと目覚め、周りの人の突然死から再生を図るモチーフは初期から共通している。また〈私〉の移動も大塚英志の述べる昔話の型というより〈私〉の発見の旅であること、性的な繋がりを持たない異性との関係とも言えるものと共通している。では何が〈異色〉なのか。それは、〈私〉が風景の中に置かれるのではなく、植物の中に直接的に持ち込まれたことであろう。「ひな菊」「ダリア」と命名された女の子の友達は、和と洋、秋と夏に対照化された一対の植物の喩である。「ノリナ」と名付けられた母ゆかりの木は夏に黄色の花をつけるスイゼンジナだ。三つはともにキク科の花で、各々の人間の個性の喩となり、ひな菊との微妙な差異を見せながら生の軌跡を辿る。ばななは植物人間をすでに「白河夜船」で書き込んでいた。〈まだ生きている〉〈死んでしまう〉という葛藤を抱えた男の内面の暗闇を、妻の仮死状態つまり植物人間の死として扱っていた。が、「ひな菊の人生」の三つの植物は、死と通底しながらむしろ生へと転回するエネルギーのダイナミズムを持つ。死より再生に力点がかかる。小説中の雨や水は生命力に直結する。母の死後一旦枯れたノリナは〈私〉の水やりで甦った。〈土と香ばしい秋の風のエッセンスと乾いた空気が作り出した枯葉のじゅうたん〉の世界にいるひな菊。ダリアは夏の赤い花の如く、梅雨の季節に重なり十一歳でブラジルに旅立って死ぬ。このように、三つの植物は季節に合わせて生き、地面の水を吸って最後に〈高く伸びてゆく〉。未来が暗示されて再生の物語が終る。植物の生命力が牽引する再生の契機は母の死によって示された。その重要さは死の場面の身体感覚に見出せる。

〈私〉は過去と現在とを夢の中で自在に往復しつつ、最終的には人生を小さな箱にコンパクトに詰め込んだ。包まれた過去は〈私〉の未来を繋ぐ今のものでなければならない。刺激された身体の反応は、まさしく今を語る。普通、人間が過去の事を話す時、身体感覚を用いると現在時の事のように理解される。直観が記憶より優位に働くからである。母の死はその効果を狙って表現された。同じ車の中で、眠りから覚めた〈私〉の見た死顔は一つ一つ鮮明に描かれる。さらに強調されたのは体が〈痛い〉という記憶である。いつも指輪とマニキュアをした母の手が、血にまみれた自分を強く押し出した（と思った）。過去の事件は今のこととなる。動物的な表現を持つ母の死は、強いエネルギーと生命力を与え、〈私〉は痛みに強い愛情をも感受した。ノリナの木の甦りは、梅雨の日の母の死による〈私〉の再生の喩である。雨の負の性質が生命の水に反転した。最終章で、天地の間から光がさし、水と緑の大地の生命力を持つ林と、その地面を這う様々な小動物が書き込まれたことにも繋がっている。

過去を今にした一方で、この小説では〈私〉の十一歳、十五歳、二十五歳、と普通に時間を流している。つまり、母の死はそれと対照的な〈一瞬〉、戻らない時間に定着された。理屈や感傷を挟む余地のない突然の死が決定的な一瞬を作った。〈私〉はこれによって日常観を転換し、死の非日常性こそ日常であるとの認識を得た。人生を長い時間でなく、一瞬に分断することで死と生の距離を一挙に縮めたのである。「ひな菊の人生」の題名に込められた時間の独自性である。同様に、首の話をした男が首の骨を折ってあっけなく死んだ首の話も、人生を〈美しい幕間〉の喩とし、生と死が意識の中で自在に接近させられているとしたのであろう。

ここまで、〈私〉の再生の物語として植物の喩による生命力と、過去を呼び出す〈私〉の身体感覚の現在性について述べてきた。これをばなな特有の夢の方法に繋いでみよう。ダリアの夢を見ることから始まるこの小説では、地球の裏側のブラジルで死ぬダリアの写真が天井から落ちるという夢の符合が用いられる。ダリアは崖の家から見えた港の明かりや、廃墟と化した家の中に並ぶ小さなベッドからまず呼び出される。母の死のあと、たて笛の音で小犬のように飛んできたダリアとの牧歌的な時間が、やはり身体表現を伴って書かれた。幸福を夢の中に入れながら、しかし〈私〉は自らの淋しさ、孤独を実感する。おじさん、おばさんの養女となるのを避け、女友達との同居、高春の所に居候と、次々に場所を移動しながら新しい自分を発見しようとする。居候は、自由と聊かの緊張を持った男女関係を作るという、「キッチン」にすでにあったモチーフである。高春の表情は様々に照らし出されるが最も重要な所は、添い寝のあとでダリアの死を予言する呪術師的な場面である。恋愛関係にはならない高春はまた、二人の繋がりを極めて生活的なものにしている。クーラーや冷蔵庫、引っ越しの手伝いに具体化されている。ばなな特有の、生活空間を宇宙空間にする（鎌田東二）方法は「キッチン」にもあったが、〈私〉は淋しさを抱えながら、生活の場に拘わってきた。母の形見、ダリアの写真、さらに焼きそばなど……。このことが、首の話では〈無から産み出したその空間〉にあるモノとしてすべてが人生を統合してしまう。〈ダリア、母、林、お好み焼き、焼きそば、笛の音、崖の上の家〉が人生そのものとされた。これらはいわゆる思い出の品々ではない。過去の時間を一瞬一瞬分節化することで、無から産み出された人生のモノの存在が実感されるのである。身体感覚はここでも活躍する。

「ひな菊の人生」は、現実と夢を不分明にしながら、むしろ夢によって生活の場を極めて鮮明なものにした。再生に向かう〈私〉の意識は、かつてよりはるかに明晰になり、淋しさを統合する位置に一歩踏み込んだ。それを可能にしたものこそ、植物の喩による水の生命力という視点であったのではないか。

（元・茨城大学教授）

終末の光景と虹

――卒業制作「ムーンライトシャドウ」から「虹」へと貫く希望――

清水　正

文学に特別な興味や関心がなくても吉本ばななの名前を知らない者はまれであろう。が、わたしにとって吉本ばななは、著名な小説家である前に、吉本真秀子という日芸文芸学科の一人の教え子であった。わたしが吉本真秀子に注目したのは、彼女が提出した卒業論文・制作である。彼女は小説「ムーンライトシャドウ」と副論文「MAKING OF "MOONLIGHT SHADOW"」を提出し、文芸学科の選考会で学部長賞を授賞した。当時、わたしは「江古田文学」の編集長をしていて、この作品の掲載を考えていたが、その交渉をする間もなく、吉本真秀子は吉本ばななとして文壇に彗星のごとく出現し、みるみるうちに人気小説家として名をなしていった。

「ムーンライトシャドウ」の死と復活のテーマはドストエフスキーの「カラマーゾフの兄弟」や宮沢賢治の「銀河鉄道の夜」に通じるものがある。わたしは吉本真秀子の具体的な愛する者の〈死〉の体験を知らないが、この作品を読む限り、作者はただならぬ愛する者の喪失に立ち会ったという思いが直に伝わってくる。〈息子〉イリューシャ少年を失ったスネギリョフの狂気じみた悲しみ、カンパネルラの喪失に立ち会ったジョバンニ少年の悲しみ、憤怒、慟哭と通底する何かを感じた。

事故の現場となった〈橋〉はこの世とあの世をつなぐ境界であり、死と再生の秘儀の場所ともなる。小説全編に〈白〉〈青〉の色彩がちりばめられ、深い悲しみが透明化されてしみわたっている。大声をあげての絶叫、怒りや悲しみの噴出があるわけではない。悲しみの感情は押さえ込まれ、夜明けのジョギングという身体運動で、悲しみや怒りの感情は押さえ込まれる。悲しみいっぱいのジョバンニ少年に銀河ステーションの声が聞こえてきたように、さつきにもうららという謎の女性が現れ、死んだ等が蘇生する場面を用意する。

一歩間違えば、小説のリアリティは即座にアニメ的虚構に転落する。が、吉本真秀子は敢えてその危険な橋を渡った。愛する者の喪失、その〈死〉という絶対喪失を、〈復活蘇生〉した姿で現出させることで、どうしようもない悲しみを乗り越え、新たな生のスタートラインに立たせる。

副論文には吉本文学の本質をかいま見させる重要な言葉が散在している。一つだけ引用しておく。

「同じ設定で私はどろどろと落ちてゆく不毛な人々を描くことも、できたかもしれないと思う。その効用も確かにあると感じることもできる。それでも、私は、はうようにして生きている人の中にも、何かがあるということに目を向けたい。それは、人を強くする何かである。もしかしたら、それはとても宗教的なものなのかもしれない」

わたしは今、林芙美子の『浮雲』論を書き続けているが、この小説の主人公幸田ゆき子と富岡兼吾はまさに「どろどろと落ちてゆく不毛な人々」に属している。しかし、この二人の中にも真秀子の言う〈何か〉はある。吉本ばななと林芙美子の小説の違いは、人物の描き方にある。芙美子は人物が抱え込んでいる闇の領域に容赦なく踏み込んでいくが、ばななはその闇の領域に敢えて踏み込んでかき回すような描き方はしない。人間をどこまでもリアルに追い続けていけば〈どろどろ〉は避けられない。真秀子が描いたさつきの視線は、闇の領域をどこまでも追っていく垂直的なまなざしでもないし、天空を仰ぎみるまなざしでもない。さつきは恋人を失った悲しみを紛らわす方法としてジョギングを選んだ。ジョギングする者のまなざしは水平的に遠くを見るまなざしであり、下方に対しても上方に対しても水平的な緩やかなカーブをともなったまなざしである。このまなざしにとらえられるのが蘇生した等である。

今回依頼された「虹」を読んで、この作品が卒論制作の「ムーンライト・シャドウ」のテーマとまったく同一であることを確認した。ドストエフスキーは一貫して神の存在を悩ましく問い続け、宮沢賢治は地上世界での幸福の実現を願い続けた。吉本ばななは、一貫して〈虹〉に象徴される〈希望〉をテーマにして、日常を生きる人間の諸相を描いている。深淵に落下することなく、天上世界に飛翔することもなく、地に足をつけて生きている者たちのささやかな喜怒哀楽を透明感あふれる光景のうちに描きだしている。天性的な資質もあるのだろうが、ばななの作品に漂う透明感はただならぬものがある。

ばななの作品は、不断に〈死〉を抱え込んだ〈生〉を描いている。つかの間の生の時間に死の永遠の時が流れ込んでいる。東北太平洋沿岸を襲った巨大な津波はたちまちのうちに船、車、家、ひとを呑み込み、町全体が廃墟に化してしまった。真っ黒な津波の先端はまさに悪魔の巨大な舌先にも見えた。わたしはテレビで津波が襲撃する凄まじい場面を見ながら、そこにばななの透明な〈死〉がなだれ込む場面を重ねていた。

ばななの作品では〈死〉は黒い巨大な塊となって襲撃することはない。〈生〉の岸辺に〈死〉は果てしのない広大さで包み込んでくる。ばななの小説世界は、広大な死に覆われているからこそ、青く、白く、優しく輝いている。「ムーンライト・シャドウ」で言えば、かけがえのない恋人を喪ったさつきの傍らにはいつも永遠の時を象徴するうららが存在しているようなものである。

「虹」の依頼を受け取った時、わたしは宮内勝典の『魔王』を読み終わり、山城むつみの『ドストエフスキー』を読んでいた。ドストエフスキーはこの地上世界の不条理を前にして神に反逆せざるを得ない人間の悲憤を描き続けた小説家であった。宮内勝典の『魔王』の最後の場面は「筏が遠く消えてゆく水平線から、熱雲のようにキノコ雲がいっせいに湧きたってくる」である。今年三月十一日午後二時過ぎ、突然、東北関東地方を巨大地震が襲った。太平洋沿岸部を襲撃した大津波で福島原発は機能を麻痺、不気味な爆発を繰り返し、放射能を日本列島上空にまき散らしている。

吉本ばななは『虹』の中で「潮の匂いのする風がこの小島に吹き始めると、夜は力を増して全てを飲み込み始める。怖くて甘くて、たちうちできない、死に似た深みが海のほうからやってきて沈黙と共に世界を満たし始める」と書いている。この小説の舞台はタヒチだが、福島原発事故後の今の時点でこの文章を読むと、ゾッとするほどのリアリテイがある。

『魔王』の〈キノコ雲〉、『虹』の〈死に似た深み〉、東北関東を襲撃した地震と津波、それらに続く原発事故、何か不気味なほどの符号を感じる。三月十一日夜、原発事故を報ずるテレビ中継カメラが何度も繰り返し映し出した福島原発〈6〉号機の、その〈6〉が何か不気味なことを予告しているようにも感じた。昨日、被災地を報道するテレビを見ながら、ふと「世界の不条理に対して悲憤を込めて乾杯」という言葉が脳裡をよぎった。吉本ばななは『虹』の最後を次のように書いている。

「これはきっと吉兆だ、できすぎているくらいに吉兆だ、この光景を目にやきつけて、あとはもう何も見ないで、ただ自然のままに」と私は祈るように思い、ただただいつまでも、その小さく確かに輝く虹を見上げていた。

『魔王』の最終場面は世界終末の幻視的光景に見える。地上の楽園タヒチは永遠の時、死の時に包まれている。〈キノコ曇〉と〈輝く虹〉を重ねて視ながら、わたしは林芙美子が「浮雲」で描いた、ヒロイン幸田ゆき子が死んだ後に富岡兼吾が見上げる〈浮雲〉をながめるほかはない。

（日芸文芸学科教授・批評家）

『アルゼンチンババア』──魔女にして聖母──

もろだけんじ

よしもとばななの『アルゼンチンババア』は二〇〇二年十二月、奈良美智の絵画・写真、澤文也のよる英訳を伴って、書き下ろしの単行本としてロッキング・オンから刊行された。ロッキング・オンはロック評論家、DJとしても知られる渋谷陽一が率いる出版社で、よしもとの父親との共著『吉本隆明×吉本ばなな』やよしもとの『ハードボイルド／ハードラック』、『ひな菊の人生』、『アルゼンチンババア』、『海のふた』、『チエちゃんと私』などの著書を発行しているが、文芸書専門の版元ではない。本書が内容・仕様ともごく一般的な小説本と一線を画すものとなっているのは、そのことも与って大きい。

単行本の『アルゼンチンババア』は基本的に見開きの右ページによしもとの小説「アルゼンチンババア」（縦組）、左に澤の英訳（横組）という和英のテキストを、要所要所に奈良の絵画・写真を配している。見返しの表紙側にも奈良の絵画を一点ずつ刷って、作品世界を補強している。小説は一ページ当たり三十六字詰め×十六行の基本組のページもあれば、絵や写真との兼ね合いでそれよりも短い行長のページもあるため、原稿分量を勘定しにくいのだが、幻冬舎文庫版で数えてみると四百字詰め原稿用紙で約八十一枚半になる（同文庫は、元版からよしもとの小説全篇、奈良の絵画全十四点だけを収めている）。この原稿枚数ではふつうは短篇小説にしかならない。しかし『アルゼンチンババア』はビジュアルや英文併記といった仕掛け、剰余部分を除いても、不思議に短篇という印象はない。そのことはこの作品を解く鍵になるだろう。幻冬舎文庫版には単行本にはないイルカのマークによる区切りがあるので、全部で二十一あるそのまとまりを本稿では節と呼ぶことにする。

〈母が死んだ時、私の平凡だった世界は消えた。／そして今までカーテンの向こうにあったものすごいものが突然姿を現した。／人って本当に死ぬんだ、ごく普通の毎日ってあっという間に姿を変えてしまうんだ。あの、だらだらした退屈な感じなんてみんな錯覚だったんだ。／深い嘆きの中にも毎日、新鮮な発見があった。〉

本扉の次の洋書ふうのクレジットのページをめくると、行アキも字下げもなくいきなりこう本文が始まる。行頭の字下げがない（幻冬舎文庫版には字下げがある）のが散文詩のような印象を与えるのも束の間、〈人って本当に死ぬんだ、ごく普通の毎日ってあっという間に姿を変えてしまうんだ。あの、だらだらした退屈な感じなんてみんな錯覚だったんだ〉という内的独白が地の文と同じ水準で書かれることで、まぎれもない小説世界が立ち上がる。〈それは私が十八の時のことだった〉（第二節全文）。そして第三節から、「私」＝娘（みつこ）と父（最後まで名前は与えられない）、父とアルゼンチンババア（本名はユリ）そして「私」＝娘の物語が始まる。人物紹介がすぐさまストーリーの駆動装置と化す。〈墓石や庭石を彫る仕事をしていた生粋の職人〉の父は〈そのすごいプロセスの、肝心なところから見事に逃げた。〉一方、〈私の母は〔石屋の〕親方の娘だった。〉と登場するやいなや、死んでしまう。母が入院してから、父はどんなに仕事が多忙でも、朝晩必ず母の好物のケーキやくだものを持って見舞った。だが、母が死ぬ日の朝はなぜか寝坊して病院に来なかった。〈私は、きっと父は知っていたのだと思った。／前の晩にもう気づいていたのだ。／でも、こわくて、逃げたのだと思う。／そして大きな贈り物をもらいそこねた。〉と父・娘の関係は、妻・母の死を頂点にして、大きく変容する。

〈私はそのことで一瞬父を恨んでいたが、今はもうすっかり許している〉（第四節冒頭）。なぜなら〈私は、きっと大きな贈り物をもらったのだと思う〉からだ。母の臨終に立ち会って受け取ったものを娘はうまく言うことができない。娘の瞳に宿るようになったある光、〈これまでになかった、何かを受け入れる大きな力〉とは、すべてを見通す視線の謂であろう。その視線を有する者は、当事者である自分をも巻き込んだ全体を鳥瞰的に見る術を身に付ける。「私」は父に曼陀羅を知っているかと問われて、実はよく知りもしないスティーヴン・ホーキングみたいだと反応する。ホーキングは「時間順序保護仮説」で過去へのタイム・トラベルは不可能だと唱える物理学者だが、曼陀羅からホーキングを連想したのは父が後戻りのできない別の価値観に基づいて行動しているのを悟った瞬間でもあった。アルゼンチンババアなる、街はずれの廃屋のようなビルに住む変わり者の女のところに父が転がりこんでも、冷静に受け止めることができたのは、そのためである。

〈人は死ぬ瞬間まで生きている、決して心の中で葬ってはいけない。／それも私がアルゼンチンババアから教わったことだ。／アルゼンチンババアの本名は「ユリ」だった。／だから私は花屋の店頭でユリを見ると、いつでも涙ぐんでしまう。／そしてその後必ずちょっとだけ笑顔になる。／悲しみよりも懐かしさよりも、楽しかったことがたくさん頭の中によみがえってきて、たとえその日がどんな天気であってもどんなごみごみした街中でも、奇跡のように新鮮な空気がさあっと胸に入ってくるのだ。／そして胸のところが黄色っぽい暖かい光に満たされて、幸福がじんわりと体中にしみわたる。〉（第六節）

この改行の多い文章はなだらかなようでいて、転換が速く、見かけのやさしさに乗っていると、いつのまにか遠くまで運ばれていく。ひとたび「私」がこうした感懐に浸された以上、物語はハッピー・エンディングが約束されたも同然である。父親は四角い墓石の代わりにイルカの彫刻を施した墓石を亡妻のために彫る。〈「それから、おかあちゃんのために墓石も作ったんだよ」／父は言った。／大きなベンジャミンの陰に、それはあった。

／小さな、イルカの形をした白い墓石だった。／父はほんものらしいイルカならきっといくらでも彫ることができるはずなのに、それはなぜか漫画みたいなイルカだった。そしてかわいらしく笑っているのだった。／「お父さんったら」／私は涙が出てきた。／「おかあちゃんはイルカが好きだったからなあ、四角い墓じゃあじけないだろ」／父は笑った〉（第十節）に続く母親がイルカ好きになる契機となった家族旅行の挿話は、本書で最も美しい一節である（よしもとは二〇〇六年にその名も『イルカ』という長篇小説を書き下ろしている）。

父はアルゼンチンビル屋上の床面に曼陀羅のモザイクを制作しはじめ、その宇宙の中心に描かれるのはアルゼンチンババア＝ユリの姿だ。かつて愛した者のためにイルカの姿を石に刻み、いま愛する者の姿を玉石を組み合わせて永遠化する。物語を紡ぐ者の理念をここに読み取ることも許されるだろう。ユリは五十歳で妊娠し、帝王切開で「私」の弟を出産し、その六年後に心臓発作で急逝する。Argentine hag（本書の英題）の姿に聖母の姿が重ね合わされるばかりか、森茉莉や萩原葉子へのオマージュがこめられているような気さえする。

奈良美智のビジュアルに一言すれば、二〇〇〇年の『ひな菊の人生』ではよしもとの小説、奈良の絵の二分冊形式だったが、本篇では本文に併置され、よりコラボレーションと呼ぶのにふさわしい。よしもとは『ひな菊の人生』の「あとがき」で〈この小説は私の中でも異色なものですが、絵の力に負うところが大きいと思います。いつも強く奈良美智さんの絵をイメージして書きました〉と振りかえっている。ユリの後ろ姿を描いた絵は、あの奈良の顔をした人物でないにもかかわらず、みごとによしもとの世界を形象化していた。文庫本では印刷の都合上、絵が巻末にまとめられているため、本文は読みやすくなったともいえるが、単行本の渾然一体とした熱気のようなものは失せたと感じられる。単行本と文庫本でこれだけ印象の異なる作品も珍しい。なお『アルゼンチンババア』は二〇〇七年春、監督：長尾直樹、出演：役所広司・鈴木京香・堀北真希で映画化された。（歌　人）

『王国 その1 アンドロメダ・ハイツ』

――サボテンというメディア――

野口哲也

二〇〇二年八月に刊行された本作以降「よしもとばなな」と改名した作者は、その契機について、出産前の「姓名判断」によったのだと明かしているが（「名前と「王国」と子どもの話」「波」02・9）、作品の中でも占い師のアシスタントとして修行を重ね、物心両面で自立への道を探ろうとする少女（ただし18～20歳）が描かれる。「雫石」というサボテンの名を持つこの主人公は、薬草茶で人々を癒す祖母との暮らしを終えて山を降り、都会での一人暮らしの孤独を植物との交流・交感のなかに紛らしながら、〈ものすごくいやな感じ〉の〈臭い匂い〉を放つ隣人夫婦や、楓のパトロンで同性愛の関係にある片岡さんとの軋轢を穏やかに受容してゆく。〈山にいる頃から、私はいつも人間とうまくいかなかった〉という雫石が〈大きなものに守られて〉生きているという調和的自覚に至り、〈第二の人生は今日から本当に始まる〉という安堵感で締めくくられる回想の物語は、占い師の学校の講師としてフィレンツェに旅立つ楓を見送る現在時に枠付けられている。

これは、私と楓をめぐる、長く、くだらなく、なんということのない物語のはじまりだ。童話よりも幼く、寓話にしては教訓が得られない。愚かな人間の営みと、おかしな角度から見たこの世界と。

つまりはちょっとゆがんだおとぎ話だ。

作者自身も前掲インタビューで〈童話的な手法〉として〈哲学的な要素を含んでいる〉〈アフォリズム的なこ

とも気楽に書ける〉という要素を挙げているが、それは例えば作中〈流れ〉や〈大きな力〉の中で〈いろいろなものがちゃんとつながっている〉といったエコロジカルな世界観ないし倫理観として随所に示されているメッセージ性を指しているのだろう。しかし、主人公の雫石は自らの語りが「童話」「寓話」「おとぎ話」といった既成の物語ジャンルから逸脱してゆくものだと断っている。* これは何を意味するのだろうか。

まず全体の枠組みに関して、プロローグとして引用されているプリファブ・スプラウトの歌詞に触れながら作者が言うように、〈目には見えない「家」のような何かをともに築き上げる〉というテーマが中心にあるものの、〈主人公が慣れ親しんだ家をなくしてしまう〉というモチーフも反復されていて、雫石は開発によって山小屋を追われ、アパートの部屋も火事で失い、楓の留守の間その家を管理することとなる。「アンドロメダ・ハイツ」というタイトルに象徴される物語があるとすれば、その内実はサボテンによって取り持たれた真一郎との不倫の宿である〈目に見えないふたりの家〉〈架空の空間〉が核心に最も近いと思われる。しかし〈魔法が解けてしま〉わないように〈絶対にその生活を変えてはならない〉という〈脆弱な愛〉の巣に対する〈私の夢〉は、真一郎が他人の夫であるという以前に、雫石の強固な規範である祖母の〈ずっと変わらない生活なんて全然面白くないよ〉という言葉によって早くから無効なものとして封じられている。〈いつか彼か私が死んだとき〉を見据えたこの夢想は、楓とのパートナーシップを〈私たちはいつまでも夏休みの子供みたいにしていていいのだ。／光の中で遊ぶだけ遊んで、肉体が衰えたら死んでいけばいいのだ。〉と納得して眠りにつく姿にも通じるが、現在の語り手はそのいずれにも没入できない位置にいる。ネットで知り合ったマルタ島の恋人のもとに旅立ってゆく奔放な祖母を見送る雫石の姿は、楓を送り出す直前の現在においても反復されている。祖母の去ったあとに冷蔵庫の前で痩せてゆく雫石の状況も、祖父を失ったあとに衰弱した祖母の姿に酷似しているが、そこに幽霊的に現れて彼女たちの悲しみ（淋しさ）を癒してくれるサボテンは、精神的にも両者を結びつける隠喩的媒介となっている。〈流れ〉〈大きな力〉に包まれた安心感がサボテンというメディアによって表象されている点が本作の大きな特徴だとすると、植物と人間の交感や家族同士の交流を有機的な全体性の思想との関連で描いて教科書教材にもなった「みどりのゆび」（00・9）は、祖母の形見であるアロエを中心的なモチーフとしている点でも「王国」シリーズの重要なプレテクストの一つと考えられる。超常現象やオカルト的世界、ニューエイジ的なスピリチュアリズムなど、吉本ばななにあっては初期より親密なテーマとして扱われてきたところだが、そのような神秘的体験があくまでも日常性の次元に留められていることが、オウム真理教事件以後の時代的想像力とも通底する感性だという見方も示されている（木股知史『イエローページ吉本ばなな』99・7、加藤典洋『小説の未来』04・1）。加えて、かつて江藤淳が『夏目漱石』（56・11）の中で〈倫理的な悟達を表現する符牒〉として論じた「則天去私」のアポリアを持ち出すのは唐突だろうか。江藤は〈人間相互の関係〉である〈倫理〉の問題に対して〈超倫理《アンモラル》への希求〉を〈如何にして人間を離れるか――植物たり得るかという憧憬〉であると捉えていた。

また、小説の枠組みとしてもう一点見逃せないのが、登場人物たちの本質がまさに「言葉」に関わる行為として規定されていることである。楓の言葉を本として出版するために雇われたアシスタントである雫石の業務はインタビューとテープ起こしであり、物語の現在はその原稿が完成して出版社の人を待つ時間として設定されている。楓の本業は〈リーディング〉と表現されてもいるし、雫石がかつてアシスタントを務めていた祖母もやはり同様で、〈医者ではないから診断も治療もしない〉のに〈おばあちゃん本体に何か人を癒してしまう力があるのではないか〉と雫石は見ているが、その実態はやはり占い師にも似た、一種のカウンセリングのようなものだったと考えられる。実は吉本ばななにおける「言葉」の問題については、〈互いに救済し合い、癒し癒される〉という鏡像的な〈治療共同体〉にあって〈同化、同調、共鳴〉といった〈非言語的なコミュニケーションへの願望〉が同時代の少女マンガとも共有されている（大塚英志『サブカルチャー文学論』04・2）とか、「なつかしさ」というキーワードが〈双子のような親密な兄弟〉や家族の間で交わされる〈テレパシックなコミュニケーションの顕現である〉（鎌田東二「「あとがき」と「なつかしさ」―吉本ばななの世界感覚」「解釈と鑑賞」別冊「女性作家の新流」91・5）という指摘が早くからある。確かに、頼りない「言葉」への不信とそれを超克しようとする志向は、雫石と楓・真一郎・祖母の間のそれぞれの関係性にも認められ、サボテンによって象徴的に媒介された植物的世界観（人間観）とも相俟って本作にも一面では妥当する。しかし既に見たように「王国」の住人たちは徹頭徹尾「言葉」の営みによってこそつながり得ているのであり、そのコミュニケーションは無媒介的なものとばかりは言えない。幼くして超能力を自覚した楓にあって既に〈自分は何か大きな力と他の人の間に入っているにすぎない〉という理解を示しているが、雫石の哲学もまた「媒体」であることを欲し、そこに安堵やなつかしさを見据えるものである。〈サボテンの魔女、そしてその弟子〉という楓による「リーディング」もそのような文脈でこそ的を得たものとなろう。彼（女）らはみな言葉をめぐるダブルバインドを生きる翻訳者《メディア》として生きようとしているのであり、敢えて言えばそこにこそ漱石の（超）倫理のアポリアにも通ずる姿がある。先に引用した雫石の「語り」に対する反復的な自己言及も、そうしたことへの拘泥のあらわれとして理解することができるのではないか。

（鳴門教育大学准教授）

＊雫石の中で祖母とサボテンをめぐる物語は何度も聞かされた〈スタンダードなおとぎ話〉であるが、それを楓に語り聞かせる際には〈ちょっと雰囲気を童話調にしてみた〉といった〈脚色〉を加えている。

『ハゴロモ』――羽衣伝説としての川――山﨑眞紀子

よしもとばななは、デビュー作『キッチン』（福武書店、88・1）で唯一の肉親を失い天涯孤独となり、生きるエネルギーを失ってしまった女子大生・みかげを主人公とし、その彼女が回復していく姿を丹念に描出した。みかげを当初救ったのは、星や朝の光、キッチンにある冷蔵庫の音であった。傷ついた時、人間ではなくモノによっても回復していけるのだということを、無機物であるモノが人間に有機的に働きかける過程が丁寧に描かれていた『キッチン』の登場は斬新であった。また、高度経済成長期のもとで、溢れるモノに囲まれて育った消費文化の賜物である一九八〇年代の総決算として、よしもと作品を位置づけることも可能である。

そして二〇〇〇年代。先に記したモノによっても回復できるという言葉は、いまや、モノではなく人によっても回復できるという転倒を見出だすかもしれない。コミュニケーションは携帯電話や端末によってなされ、人と人との関わりこそ傷つくことの原因となる。傷ついたとき誰かによって慰められ回復できればよいが、それを得ることができず、小さな傷が積み重ねられていくうちに、結局は生身の人間と関わりたくない、という結論に至る。情報機器が高度に発達した現代社会では、コミュニケーションが無機物に偏ることを促進させてもいる。

しかし、よしもとばななはモノによっても回復できることを描きこそすれ、そのモノ自体は単なる物体ではなく、人の魂が感じられるものであった。魂という言葉を、記憶や想いという語に置き換えてもいい。

『ハゴロモ』では幼いとき、危篤状態に陥ったほたるを助けたのは、冷たくなった幼い女の子の手を温めてあげたいと思ったみつるの優しい心であり、それを伝えるモノとしての手袋であった。「人の、意図しない優しさは、さりげない言葉の数々は、羽衣なのだと私は思った。いつのまにかふわっと包まれ、今まで自分をしばっていた重く苦しい重力からふいに解き放たれ、魂が宙に気持ちよく浮いている」、よしもとばなな『ハゴロモ』（新潮社、03・1、p.53）には、肉親や愛する人の死や離別に直面したとき、人は人によって救われるという、シンプルだが重みのある言葉が詩のように並べられている。故郷の風景、樹木、山や川、風、空気、手袋、ラーメン、チーズケーキなど、モノが人間の息を吹きかけられることによってあたかも有機物へと転換していく作品世界においては、言葉の背景にある記憶や想いがモノに託されて可視化されていくのである。

『ハゴロモ』は、「私」・ほたるが十八歳から八年間交際をしていた愛人と別れ、故郷に帰るところから物語は始まる。彼女が深く傷ついたのは、彼がほたるではなく病弱な妻を最後には選んだという事実であった。彼の決断はほたるを打ちのめした。彼と過ごしたマンション、そして東京という空間そのものから離れ、故郷に身を寄せなければまったくの再起不能に陥ってしまう局面に立たされたほたる。ほたるにとって東京のマンションは、写真家である愛人がほたると会うために仕事場と「偽って買った」ものであり、別れる時にそのマンション一室の所有権が、慰謝料のようにほたるのものとして移った。偽りの空間では、人とモノが堂々と等価交換されている。このことは、前述したモノが人間の息吹によって見えない心が可視化されることと一見して似ているように見えるかもしれないが、実はまったく異なる。モノはそれ自体が独立して、人間の心と互角の資格を持って対峙出来たりはしない。よしもとばななの描く世界は、魂や心が優先され、その容れ物としてのモノなのである。

容れ物は時に悪く働くこともある。共に過ごしたマンションの一室は思い出に占められ、「亡霊」のように取りついてほたるを苦しめるのだ。そして何かが失われた後に、生きる糧ともなる記憶も、むしろ逆のベクトルに向かって彼女を縛り、「偽り」の空間に八年間住んでいたことによるほたるの心身的な消耗や疲労感は頂点に達し、そこから脱するためにほたるは帰郷した。

彼女の故郷の中核には「川」がある。「どこを歩いていても川の音が、闇の中をついてくるようだった。町中に大小さまざまな橋があり、橋はある種のリズムを作り、その川ばかりの景色の中でまるで句読点のように人々をふと水辺に向かって立ち止まらせていた。」、「町中の人が眠るときも、その夢にはいつでも川の気配がよりそっていたし、彼らの人生が様々な展開を見せるとき、心の背景にはいつも川があった。」（p. 3）。「川」は小学唱歌「ふるさと」（一九一四）にも歌われ、さらに遡れば「ゆく河の流れは絶えずして、しかももとの水にあらず。よどみに浮かぶうたかたは、かつ消えかつ結びて、久しくとどまりたるためしなし。」と、川に無常観を見た鴨長明『方丈記』（一二一二）も思い浮かぶ。無常観は『ハゴロモ』の底に一貫して流れている。また川は、題名「ハゴロモ」と相俟って、羽衣伝説を想起させる。天女が羽衣を脱いで川で水浴びをしていたところ、その姿の美しさに魅了された男性がその衣を盗み、天女は天上に戻れなくなるという伝説である。つまり、羽衣は天上にのぼるための呪術性を帯びたモノであり、この伝説に川は切り離せない。「私」の名前が「ほたる」であるのも、川など水辺に生息する蛍をイメージさせる。

ほたるは十歳のとき交通事故で母を亡くし、その死に対して悲しみを押し隠したために「涙はどんどん胸にたまった」状態に陥ってしまったことがある。その時は、川のほとりで思い切り泣き、「誰にも言えない気持ちを全て水が吸い取って、流してくれた。」（p. 41）とあるように、ほたるは川によって救われたのだ。そして再び、十代の終わりから八年間という大切な年月を、彼を待つことだけに力を注いできたことの後悔や虚しさを抱き、ほたるは再び川にむかうことでその感情から脱け出ようとする。悲しみは「誰にも言えない気持ち」ゆえに堰き止められる。無理やり言葉にしようとしても、固有の感情を言葉という共通の器に盛りこむことは難しい。無理を重ねることを忌避する世界観もこの作品の魅力である。そういう時に、「川」が必要なのだ。作品を深く流れている無常としての川。川と結びついた羽衣伝説の天女のまとう羽衣は、天に飛翔することを可能にする呪術的な衣である。本論の冒頭にあげた『ハゴロモ』文中の言葉、「ふわっと包まれ」「宙に気持ちよく浮いている」という言葉に注目すれば、「包まれる」という言葉に、「ふわっと」という修飾語がつくことにより、包まれている中身のイメージが具体的になる。ふわっと包まなければ、壊れてしまいやすいもの。直接的に乱暴に触ってはいけない。天女の着る羽衣の薄さや軽さのイメージは、やさしく庇護され、いつくしまれている存在を立ち上げる。羽衣に包まれているのは、傷つきやすいかけがえのない心である。

さらに、「人の」と「意図しない優しさ」の間に読点が打たれ、それによって「人の」が強調されていることにも注目したい。この部分は、故郷の川の上に懸けられている大小さまざまな橋が、「まるで句読点のように」人々に水辺に向かって立ち止まらせ、ある種のリズムを作っているのと呼応する。みつるのおばあちゃんは「バスターミナルの神様」と呼ばれ、バスが発着する場所で人をよく見ていては、害悪をまきちらしそうな人には警戒し目を光らせ、心細そうにしている人には優しく親身に接していた。立ち止まってよく見ること、私事を離れ無償の心で人に接することは、忙しく揺れ動く人の心に句読点を打つことを助けている。

よしもとばななは、心や魂が感じられモノを通して回復される人間の姿を描いてきた。ほたるの育った故郷の人々が「まるで秘密結社のように、見えないことに重きをおいている」のは、羽衣に包まれた傷つきやすい心、その目に見えないものが最も大切にすべきものであることを知っているからであろう。

（札幌大学教授）

「幽霊の家」論――〈積み重ねられたもの〉への導き――

鈴木杏花

「幽霊の家」は『デッドエンドの思い出』（文藝春秋、03・7・30）に収録された短編小説であり『デッドエンドの思い出』について、作者であるよしもとばなな自身はあとがきで〈つらく切ないラブストーリーばかりです〉と語っている。果たして「幽霊の家」は〈ラブストーリー〉という括りに収めても良い作品なのだろうか。主人公の〈私〉は〈洋食屋の娘〉であり、必然的に跡継ぎとなる将来が待っている。友人の岩倉は〈ロールケーキ店の一人息子〉。二人は共通して家業を継がねばならない立場である。〈私〉は元々家業を継ぐ意志があったが岩倉は違っていた。〈「（略）このまま何も違うことをしないままで、いつの間にか店に入ってしまう」〉と、自分の将来への不安を抱えていたのである。結末としては〈私〉も岩倉も家業を継ぐことの意義を見出し、二人は結婚した後それぞれ〈洋食屋〉・〈ロールケーキ店〉を継ぐことになる。作中に存在するある特殊な要素を除いて「幽霊の家」を読むとき、これを二人の成長の物語、または〈ラブストーリー〉と解釈することができよう。しかしこの作品内には〈幽霊〉が登場する。なぜこの物語に〈幽霊〉という存在が必要であったのかを考えるとき、二人の成長の物語・〈ラブストーリー〉という解釈にもう一つの読みを加えることが可能である。

〈私〉が初めて岩倉の家を訪れた際、岩倉の部屋には〈大家さん夫婦〉の〈幽霊〉が住んでいるということが明かされる。〈家にいると気を抜いていて、ぼうっとしているからかなあ。それともバイトで疲れすぎているのか、とにかくたまに寝起きとか、疲れて帰ってきてお茶を飲んでいる時とか、二つの世界が交差して、今までどおりに生活している二人が見えてしまうんだよね〉と語る岩倉は〈「親の旅行・親の買い物のために車を出す、親戚のために引っ越しを手伝う……そういうのが当然の人生になりすぎるのが目に見えてたからね。いやなわけではないし、職人にはなりたくないわけではないんだけど（略）僕には僕の人生があるからなあ。」〉と、自分の生き方や将来に不安や不満を抱えている。さらに、同時期の岩倉について〈私〉は〈他にしたいことがあるのならともかく、ないのに、どこへ行こうとしているのかさっぱり理解できなかった〉と感じていることにも注目したい。次に〈幽霊〉が現れるのは、岩倉がフランスへの留学を〈私〉に告げた翌日である。岩倉の決心を知った〈私〉は〈きっと彼は留学して、自分の世界を見つけ、そして向こうで長い間生活をして、もう戻ってはこないのだろうな〉と淋しさを感じる。そしてその晩〈私〉と岩倉は一夜を共にし、翌朝岩倉が出かけて〈私〉が部屋に一人きりになったタイミングで〈幽霊〉が姿を現すのだ。〈これ以上いて、岩倉くんの空間に身をなじませるとますます切なくなるからと思って、私は起きようと心に決めた。自分の世界に戻って、日常をはじめなければ。〉という〈私〉の心情に注目したい。はじめに挙げた岩倉が〈私〉に初めて〈幽霊〉の話をした場面と、〈私〉が一人きりで〈幽霊〉を見た場面とでは共通して自身の〈人生〉・〈世界〉の揺らぎが生じているのである。自分の〈人生〉や将来に不安を感じた岩倉に、そして岩倉との別れを想い岩倉の空間の居心地のよさに〈自分の世界〉を忘れかけた〈私〉のもとに〈幽霊〉は姿を現しているのだ。

〈私〉は岩倉と共に供養を行なったことで〈幽霊〉が〈成仏〉したと考えている。しかし〈幽霊〉が現れた場面同様に〈幽霊〉が姿を現さなくなったという描写が見られる場面にも共通点が存在している。〈幽霊〉が現れた場面については、二人の〈人生〉・〈世界〉に揺らぎが生じているという共通点を指摘したが、〈幽霊〉が見えなくなった場面についてはその逆の特徴が見られるのである。

〈私〉と岩倉が供養を行なって以降〈幽霊〉を見なくなったのは確かである。しかし、その際に〈私〉の心には大きな変化が現れていることを見逃すことはできない。〈この人たちは、最後の日々を飾る娯楽に、うちの店を選んでくれた人たちなのだ。〉〈これが私の仕事でもあるのだ。うちの味を愛してくれた人たちに、報いること。〉と、〈私〉はこの場面でこれから自分自身が継ぐこととなる〈仕事〉の価値を理解した。もはや岩倉が旅立つことの悲しみに〈自分の世界〉を忘れかけていた〈私〉の心情とはまるで異なる、揺らぐことのない決意を抱くのだ。さらに、フランス留学を終えた岩倉の言葉。〈「もしかしてあの味を残すことが僕のしたいことなのかもしれない。」〉。自分の意志で留学を決め、8年の歳月を料理の勉強に充てた岩倉もまた、この時自分の〈したいこと〉、自分の〈人生〉のあるべき姿を見出したのだ。この会話の一週間後に〈私〉と岩倉は結婚を決め、お互いに家業を継いで生きて行くという〈人生〉を歩み始める。〈私〉は岩倉とのこれから始まる生活を〈ここは、あのぼろぼろだった部屋とは全然違っていた。多分幽霊も出ないだろうし私たちもすっかり大人になった。〉と〈幽霊〉が見えていた頃、お互いの〈人生〉・〈世界〉がまだ不安定に揺らいでいた頃と比較することからも、〈幽霊〉が見えなくなったのは二人が行なった供養によるものではなく、〈人生〉・〈世界〉を確立させたことに起因することが分かる。

ではなぜ二人の〈人生〉・〈世界〉が揺らぐタイミングで〈大家さん夫婦〉の〈幽霊〉が現れる必要があったのか。〈大家さん夫婦〉は〈私〉の母の〈たたずまいが静かで、質素なんだけど、ふたりにはふたりのささやかな決まりがあって、それは長年積み重ねられたもので、それをしているだけで生きているということが続いていく、っていう感じだったわよ。特に楽しそうでもないけれど、見ているほうはとても安心してとても幸せっていう感じかなあ〉という言葉に表わされるように、〈長年積み重ねられたもの〉によって〈幸せそうに〉暮らすという〈人生〉・〈世界〉の象徴とも言えるだろう。さらに〈私〉が〈大家さん夫婦〉の〈幽霊〉を見た際にも、その姿は〈ゆっくりとしたテンポで、お湯を沸かしてお茶をいれている（略）そしてそれはおばあさんのお母さんやそのまたお母さんから、ずっと続いている暖かくて安心するやり方なのだろう〉と表わされ、やはり〈幽霊〉は〈長年積み重ねられたもの〉を象徴している。

そのような〈幽霊〉が、まだ若く自分の〈人生〉・〈世界〉が揺らぎがちである〈私〉と〈岩倉〉の前に現れたというのは、家業を継ぐという〈長年積み重ねられたもの〉に二人をそっと導いたと解釈するのは自然である。さらに〈大家さん夫婦〉が〈幽霊〉という姿で現れたのは、生を断たれた死後の世界でも〈長年積み重ねられたもの〉を継続して存在し続けるという〈幽霊〉の特質によるものであろう。同じ『デッドエンドの思い出』に収められた「あったかくなんかない」の中の言葉だが、〈ああ、これが、長く続くということの意味なんだ〉とあるように、ばななはこの短編集の中で代々続いてきたもの・代々続けてゆくことの意義を伝えようとしたのだ。

そしてこれらが最終ページの〈私〉が疑問に感じていた〈もしも、もしもあの部屋で彼らを見ていなかったら、私たちは結婚しただろうか？　それだけが謎なのだが、多分、しなかったのではないか。〉という〈謎〉への解答なのである。

〈幽霊〉が登場するオカルト小説と見えがちであるが、この作品における〈幽霊〉は幼かった二人をそっと〈長年積み重ねられた〉貴重な日常へと導いてくれたのだ。もう〈幽霊〉の導きがなくとも二人が二人の〈人生〉・〈世界〉を生きていくことを願いたい。

（現代文学研究者）

「王国 その2 痛み、失われたものの影、そして魔法」——黒岩裕市

——それぞれ違っているからこそ？——

「王国 その2 痛み、失われたものの影、そして魔法」(04)は、「王国 その1 アンドロメダ・ハイツ」(02)の言葉を借りれば、〈ちょっとゆがんだおとぎ話〉であるところの「王国」シリーズの第二巻である。「王国 その1」で雫石はおばあちゃんと暮らしていた山を降りた。そして、占い師の楓のアシスタントをしながら町での生活を開始したのだが、アパートが火事になり、焼け出されてしまう。そこから「王国 その2」の物語は始まる。サブタイトルが示しているように、「王国 その2」では、町の暮らしの中で、山の生活が失われてしまったことを再認識した雫石が、〈痛み〉に襲われ、しかしその〈痛み〉を生きていくための力、すなわち、〈魔法〉に変えて、〈新しい日常〉へと漕ぎ出していこうとするプロセスが綴られる。したがって、〈痛み〉は必ずしもなくすべきものとしてとらえられているわけではない。むしろ人間の〈体〉や〈心〉を蔑ろにし、〈痛み〉を鈍化させる都市の生活が批判的に取り上げられている。

雫石を取り巻いているのは、〈常識〉と見なされるような生き方から、多かれ少なかれ逸れている人々である。たとえば、楓。「王国 その1」で紹介されるとおり、楓は〈町はずれに住んでる〉、〈目があまりよくなくて〉、〈ちょっといい男〉の占い師であり、片岡さんという同性のパートナーがいる。片岡さんは占い師のエージェントをしており、楓のパトロンでもある。雫石は初対面の時点で楓と深く共感し、親密な関係を築くのだが、当初

は苦手意識のあった片岡さんに対してもしだいに好感を抱くようになる。また、雫石のおばあちゃんも、決して〈常識〉的な〈おばあちゃん〉ではない。〈おばあちゃん〉という呼称が喚起するイメージを大いに裏切って、〈ここではないところにいつだって流れていきたい〉と願うような人物なのであり、山を降りた後は、ネットで知り合ったマルタ島在住の〈ボーイフレンド〉と新たな生活を始める。「王国 その2」では楓と片岡さんもフィレンツェに〈出稼ぎ〉に行ったという設定であり、おばあちゃんとともに異国から雫石を見守っている。

雫石には〈多肉植物の専門家〉である真一郎くんという恋人がいるのだが、二人の関係も〈常識〉に合致するものとしては語られていない。真一郎くんは、「王国 その2」の出版から数年後に流行することになる草食系男子という言葉で形容できる人物であるようにも思えるが、それでも不十分で、雫石が真一郎くんのことを〈植物のようにいつでもいさぎよく消えてしまいそうな雰囲気を持っている〉と述べるように、〈植物〉としてとらえられている。それだけではなく、真一郎くんのほうも、雫石を〈植物〉にたとえている。そのため、二人は〈恋愛という植物を育てている〉ということになり、〈まだ若いのに私たちのつきあいはセックス中心ではなくてかなり淡白で、それもまたお互いに気が合って楽なところだった〉と他の若者の恋愛とのズレによって二人の関係は提示される。そこからは性行為が排除されているわけではないが、二人の恋愛の中心には位置していないのである。雫石は〈世間での生きにくさ〉が真一郎くんとの絆を強くしていることにも気づいている。

ただし、雫石が付き合っているのは、〈常識〉から逸れている人々だけではない。〈常識〉を理想的に体現した、それゆえにおそらくはどこにもいないような居酒屋のママとマスターの夫婦や、商店街の〈全然かたよりのないあらゆる種類の人たち〉ともゆるやかな関係を築いている。そもそも雫石は商店街で〈人が出している光〉を感じていたのだが、作品の後半で夢の情景を語る際に、人々の〈光〉を次のように描写する。〈暗闇の中にまるで蛍のように、楕円の形をした小さな光がたくさん飛び回ったりじっとしたりしていた。光たちはピンクやブルーや黄緑色や、そんなふうに薄くてきれいないろいろな色をしていて、まるで呼吸するように大きくなったり小さくなったりして、真ん中がいちばんよく光っていて、まわりに広がるにしたがってどんどん薄い乳白色になっていくのだが、その薄い部分はかなり遠くまで広がっていて、他の光と重なり合ったりしているのだった〉。そして、雫石は〈この光こそが、人間なんだ。人間の本当の姿なんだ〉と断言し、〈このいろいろな色がその人の個性で〉あると結論づける。

主要な登場人物の〈光〉の色も紹介される。片岡さんは〈まっ黄色で、卵の黄身のような色〉。〈楓の光はラベンダー色〉。なお、英語圏ではラベンダーは同性愛を暗示するものである。〈植物〉のような真一郎くんは〈薄いみどり色〉で、おばあちゃんは〈強く光るえんじ色〉。これら様々な色の人間の〈光〉は誰かの〈光〉と〈重なり合っ〉ている。〈常識〉的な人もそうではない人もどこかでつながっているのである。雫石はこうした情景を〈ああ、なんと愛しいことだろう、それぞれ違っているからこそ〉と感嘆する。「王国 その2」は、この〈光〉の重なりが具体化するかのように、楓と片岡さんがマルタ島のおばあちゃんのもとを尋ね、一方で雫石が商店街の魚屋のおばさんや息子と交流し、〈新しい仲間たち〉とともに〈新しい日常〉へと出発することが宣言されるところで締めくくられる。

この人間の〈光〉については立ち止まってもう少し考えてみたい。その際、片岡さんとの会話の中で雫石が言及する、SMAPの「世界に一つだけの花」という曲も手がかりになるだろう。それは〈ちょっとゆがんだおとぎ話〉に不意に現実が呼び込まれる瞬間でもある。二〇〇三年に発売されたこの曲は、二〇〇万枚以上を売り上げ、同年の紅白歌合戦の大トリでも歌われた。特徴的な歌詞や振りの効果もあり、現在でも歌い継がれている。

花屋の店先に並べられた花。いろいろな花があり、それを見る人の好みも様々だが、〈どれもみんなきれいだね〉と曲の主人公は言い切る。そして、花と人間をだぶらせ、〈ＮＯ．１にならなくてもいい／もともと特別なＯｎｌｙ ｏｎｅ〉という強烈なメッセージが発せられる。もちろん、この曲のメッセージは無意味なものではないだろうし、それよって救われた人もいるだろう。しかし、〈どれもみんなきれいだね〉という言葉のもとで、すべての花＝人がただただ肯定され、その結果皮肉にもそれぞれの違いが曖昧になってしまう危険性は否めない。「王国 その２」における〈ああ、なんと愛しいことだろう、それぞれ違っているからこそ〉という雫石の感嘆にも同じことが言える。

これは「王国 その２」だけに当てはまることではないのかもしれない。一九九〇年に出された論考の中で黒澤亜里子氏は吉本ばななの作品における〈全肯定〉を評価しつつも、差異や対立を曖昧にする〈全肯定〉の〈危うさ〉にすでに注意を喚起している（黒澤亜里子「夢のキッチン―吉本ばなな論」『NEW FEMINISM REVIEW』第一巻、90）。〈それぞれ違っている〉という人間の〈光〉。〈個性〉というマジックワードを引き合いに出し、その違いを個々人の問題に還元する前に、また、〈薄くてきれいないろいろな色〉とそれを美化し、〈ああ、なんと愛しいことだろう〉と感嘆しつつその重なりを強調する前に、一つ一つの〈光〉がどのように違っているのか、どうして違ったものと見なされてしまうのか、この点に最大限に目を向けなければならないのではないか。人間の〈光〉を語る場面は感動的なものである。だが、だからこそ、そこに立ち止まる必要を感じずにはいられない。

（一橋大学ほか非常勤講師）

「海のふた」――ささやかな反乱の〈hajimari〉――

恒川茂樹

「海のふた」は二〇〇三年十一月から二〇〇四年五月まで読売新聞に連載された後、二〇〇四年六月にロッキング・オンから刊行された。この作品はB・R・ベイリーによって引き合わされた版画家の名嘉睦稔と、よしもとばななとの共同制作の上に成り立っており、小説の展開とその内容に合わせて、名嘉睦稔の描いた全部で二十六枚もの版画が挿入され、それらは物語をよりドラマチックなものへと仕立て上げることに成功している。また、冒頭にはこの作品のタイトルの由来となった原マスミ作詞の「海のふた」が引用されている。彼は『哀しい予感』（角川書店、88・12）などで、ばななの著書の装丁を担当しているアーティストでもある。このように本作は、ばなな作品のひとつであると同時に、多くの人の協働の上に成立しているものである。

一方で物語の設定に関しては「TUGUMI」と類似性が見られ、二十代の女性主人公〈まり〉と〈まりあ〉が、西伊豆のとある町で少し変わった友人とかかわりあうというのが主な筋である。少し変わった友人とは、「TUGUMI」で言えば〈つぐみ〉であり、ここでは〈はじめ〉のことを意味する。両作品とも彼女らが主人公を触発することによって物語は進行していく。しかしその主題には類似性は見られず、同じような設定ながらも違った読後感が読者にもたらされることとなる。「海のふた」では、〈まり〉は東京の短大を卒業した後、生まれ育った西伊豆の田舎町に戻り、かき氷屋を営み始める。そこにひと夏の間、ある事情から〈はじめ〉という女の子が身を置くことになる。ここでは「海のふた」を、〈まり〉と〈はじめ〉の二人と、金銭との関連に注目しつつ読み解いていきたい。

この作品で最も印象深いのは、やはり〈はじめ〉が顔に負っている大きなやけどの跡だろう。よしもとばななの作品にはこうした生々しいものがあまり描かれてこなかった事を考えると、ここに作者の意図を読むべきではないだろうか。その時念頭においておくべきは、〈はじめ〉が〈まり〉のもとにやってきた背景に、彼女の祖母の死をきっかけとして始まった、親族同士の財産争いがあるということである。〈はじめ〉の両親は、金銭を巡るこうしたトラブルを子供に見せまいと彼女を〈まり〉のもとによこした。しかし両親の配慮もむなしく、〈はじめ〉は〈まり〉と出会った時すでに大きく傷ついてしまっていた。これを踏まえたとき、〈はじめ〉の顔のやけどの跡は単なる外傷というだけでなく、金銭をめぐる人間の醜さによって受けた、彼女の心の傷跡をも暗示していると考えることができる。

そしてもうひとつの傷ついたものとして作中で描かれるのが、〈まり〉の故郷の町の風景と自然である。かつては美しい自然がそこかしこにあふれており、観光客で賑わい商店街にも活気があった町も、今や資本主義経済の高度化と大量消費社会の出現に飲み込まれてしまっている。商店街は全国チェーン資本に侵食されていき、高級ホテルが建設されて環境も破壊されるなど、見る影もなくなってしまった。といったように〈まり〉の町もまた、〈できるだけ得をしたい〉と考える人間の際限ない欲望と、金銭によって大きく傷ついてしまっているのである。

これら二つのものに共通しているのはいま述べたように、金銭によって傷を受けたということである。ここで断っておきたいのは、そうは言いつつも〈まり〉と〈はじめ〉は決して資本主義、あるいは金銭それ自体を否定的に見ているわけではないということである。〈やっぱりお金は好き。自由を手に入れるために必要なすてきなものだと思う。〉これはむしろ彼女らが金銭の有効性を確認していると取れる発言である。つまりここで問題となっているのは〈お金〉そのものではなく、〈お金〉の遣い方や、それを原因とする人間性の荒廃なのである。

ところで〈まり〉が西伊豆の故郷でかき氷屋を始めるきっかけとなったのは冒頭に登場する南国のかき氷屋と、福木の道に出会ったことであった。彼女は旅先でこのお店に出会い、地域の人たちがここに憩い、幸福な時間を過ごしていることや、おばさんの〈ふるさとをどうしようもなく愛している心〉に感銘を受ける。そこには資本主義の中で切り捨てられてしまった〈愛〉があり、〈まり〉はその大切さに気がつくこととなった。だからこそ、これを自分の故郷でも再現しようとし、お金のためではなく、あくまで自分の〈愛〉しているもののために働こうとした。そしてそういった姿勢が生き疲れた〈はじめ〉の心を癒すこととなっていった。まさに〈まり〉は自分の故郷でかき氷屋を営むことによって、〈愛〉の復権を試みているのである。

作品の終末部分で〈はじめ〉がやろうとするぬいぐるみ販売も、〈まり〉に刺激された運動のひとつと見ることができる。ぬいぐるみは〈まり〉の言う通り単なる消費物のひとつであり、子どもが大きくなれば捨てられてしまうものである。ところが〈はじめ〉はそんなぬいぐるみに〈魂〉を込めるため、海岸で拾い集めた貝殻を中に入れることにする。これには消費物に精神的な要素を持ち込むことによってそれを非消費物化するという作用がある。そういった観点からいえば、これもまた〈愛〉の復権を目指す運動なのである。

こうして動き出した〈はじめ〉のぬいぐるみ販売サイトの名前は、〈まり〉、〈はじめ〉という二人の名前を採って〈hajimari〉となるのだが、二人の目指していることが〈愛〉の復権なのだとしたとき、このサイトの設立と、〈まり〉のかき氷屋の運営は、拝金主義の跋扈する生きづらい世の中へのささやかな反乱の〈hajimari〉を意味しているのである。

さて、タイトルにも採られることになった「海のふた」の〈海〉であるが、〈はじめ〉の顔のやけどと同じように、ここにも〈海〉そのものとは違った意味が重ねられている。さらりと描かれるエピソードの一つに〈ノウミソサンゴ〉のくだりがある。ノウミソサンゴとは、その名のとおり〈脳みそ〉のような形をしたさんご礁のことであるが、〈はじめ〉はある家の玄関先にそれが置いてあるところを見て驚く。〈あれがもし海の中に普通にあるなら、人っていったい何なの?〉と。〈はじめ〉はこの時〈海〉と自分たちの住んでいる世界が一直線につながっていることを実感する。〈海〉は、さまざまな生物が共生する調和の取れた自立的世界である。しかしそれと同じように私たちもまた、調和の取れた自然の中で生きている。〈はじめ〉はそのことに初めて思い至り、人間がいかにこの世界の調和を破壊しているのかということについて知る。乱れた人心は自然に影響を与え、ひいては自分自身の大切にしているものにまで害を及ぼすこととなった。そんなやみくもに得をしようと奔走する人間の対極として〈海〉は存在する。

こうした〈海〉に〈ふた〉を閉めるという具体的な行為は、〈まり〉と〈はじめ〉が〈今年も泳がせてくれて、ありがとう〉と海に感謝をささげることとして語られる。ほかにこうした場面はないが、資本主義社会や、金銭をめぐる人心の荒廃という側面からこの行為の意味を考えると、〈海のふたを閉め〉るとは、〈毎日、そして毎年同じ場所で会える〉ことへ感謝をささげる行為だと読むことができる。〈まり〉の言うように〈思想で世界なんて変えること〉などできないのではあるが、それでもやはり身近なものが資本主義社会の感情切捨ての過程の中で消え去っていくことに人間は耐えることができない。〈私やはじめちゃんの愛することを、お金に換算しないでほしい〉この願いは本作のすべてを貫くものである。自然も含めて、自分たちの大切なものをいつまでも守って生きたい。そんな祈りがこの作品には描かれているのである。

（現代文学研究者）

『High and dry（はつ恋）』――《瞬間》と「時間」と《作品》――

小澤次郎

よしもとばななの小説『High and dry（はつ恋）』は、二〇〇四（平成十六）年七月に文藝春秋から単行本として刊行された。装幀は大久保明子、装・挿絵は山西ゲンイチである。そして、二〇〇七（平成十九）年七月に、文春文庫として文庫本化された。刊行は同じ文藝春秋であり、装幀、口絵・挿絵の担当も同じまま、現在、流布している。題名となったHigh and dryは、船が陸へ乗りあげてしまった状態に由来する表現であり、《どうしようもなく、途方に暮れる状態》を意味する。

小説の主人公は、十四歳の女子中学生「飯塚夕子」である。主人公の少女が、絵描きの塾の先生をしている二十歳後半の若者「久倉」（通称キュウくん）に恋心をいだく。キュウくんとの交際を通しながら、主人公の家族のこと、キュウくんの家族やガールフレンドのことなどを描きながら、主人公の精神的に成長してゆこうとする《微妙な時期》の物語である。文庫化に際しては、作者自身が「微妙な時期」と題するエピグラフを付している。それによれば、この小説がうまれるにあたって、山西ゲンイチの絵との出合いが大きな契機となったことがわかる。文庫化されると、通常、販売価格を抑えるために省略や変更を余儀なくされがちであるにも拘らず、絵や装幀はほとんど単行本のままを踏襲している。よしもとばななの意向が強くはたらいたものと推測される。よしもとばななは、山西の絵の印象を、頭に浮かんだ「どこにも行けない幸せ」というイメージと表現し、それが

「ちょうど十四歳くらいの自分の気持ち」に近かったという。そして、その年頃の時期は、親に依存しながらも、絶対に死ないと思えばこそ親に反発のできる時期でもあり、また、毎日すごいことが起こっているような感じなのに、なぜか日々が平凡である時期でもあるという。こうした人生の危うい時期を、High and dryという題名で象徴的に表現したものとみることができる。

小説の骨格をなす主人公とキュウくんの交際が、奇跡的な《一回しか起こらない瞬間》をふたりだけで共有することで成り立つ。このことは、この小説の特徴として注目に価するといってよいだろう。この恩寵ともいえるような《一回しか起こらない瞬間》とは、いったい、どのようなものであるのだろうか。たとえば、それは、主人公が遅れて絵の教室に入ったところ、窓際の月下美人の植木のわきから、緑色の服を着た小さな人間が走り出たのを見つけた場面で、つぎのように描写されている。


その人間は、すっと窓の外に消えていった。緑色の服を着て、はだしだった。目がくりっとしていた。

「あ！」と私が小さい声で言い、まわりをみたら、キュウくんが声を出さずに「あ」という顔をしてそっちを見ているのを見つけた。

あとの人たちはどうしてだか全員、少しも顔をあげなかった。

そして、ふたりは同時に窓の外を見上げた。

窓の外でも何かが起きていた。

なんだかわからないが空がぴかっとまぶしく光って、空からさあっと金色の粉が、まるで雪みたいに静かに降ってきたのだ。ふわふわと、風に舞うようにして窓一面に。

とあるように、この奇跡的な《一回しか起こらない瞬間》を、主人公とキュウくんのふたりだけが体験することによって、ふたりの距離は急速に狭まってゆく。つまり、こうした《一回しか起こらない瞬間》の共有こそが、ふたりの仲をたもつ絆となる。秘密の共有がふたりを親密にしたといってもよいだろう。このことは、この《一回しか起こらない瞬間》のあとに記された、つぎのことばによっても明らかである。

それからふたりは全く、そのニュアンスまで同じふうに「今、確かに見たけど、誰にも言うのはよそう」と思いあった。お互いが寸分もたがわずにそう思ったということまで、お互いわかった。

（……）

「ほんとうに、なんだかメキシコの宗教画みたいな光景だったね。」

キュウくんは言い、私は、私たちがわかちあった何かが全く同じように見えていたことがわかった。あのとき、世界の全ての色彩がぎらっと濃くなり、異様な光を帯びていたのだ。

ここで看過してならないことは、どんなに奇跡的な出来事であったにしても、それが《一回しか起こらない瞬間》的な出来事である限りは、当然のことながら《瞬間》にとどまってしまわざるを得ないということだ。この妖精のような人物（?）は、さながら車窓を流れ去ってゆく風景のように、眼前を通り過ぎて行ってしまう。もしも、この小説が凡庸な出来のファンタジー・ノヴェルででもあったなら、きっと主人公が少女アリスのようにこの人物を追いかけて行って不思議な世界に入り込むとか、あるいはまた、後日、この人物が主人公の前にふたたび現れて、何か途轍もない地球の危機を訴えたりするに相違あるまい。けれども、この小説では、いうまでもなく、そんな野暮なことが起こるはずもない。その結果、《一回しか起こらない瞬間》は、もとに「戻れない時間」によって、どんどん押し流されて行ってしまうことになる。それを、主人公はつぎのように理会する。

私にわかることはたったひとつ、時間が流れていることだ。それは、あの瞬間をどんどんうすれさせて、残骸にしてしまうことだ。

これは、よしもとばななに元々ある「時間」意識に由来する。よしもと（2003：280-281）は、インタヴューにこたえて、デビュー作では「なんか物事が止まらない感じ」を書こうとしたと言い、時間について、つぎのように発言している。

「（…）『なんで流れていくんだ』という感じがいつも基本にあるんですよね。その辛さは、自分がどういうわけかベースに持っているものなんです。その、なんか納得がいかない感じをすごく小さい時から持っていて、そこで動物が死ぬとかいろんな体験がつけ加わって、ひとつの確立された思想ができるわけですよ、きっと。だから、どの小説もそのことしか書いてないし……」

だとすれば、この「時間」に抵抗するには何が必要だろうか。主人公は、決して無常にもとづいて、流されてゆくことをあるがままに受容しようとはしない。それは主人公が「きっぱり」ということばを好んでもちいていることからもわかる。そうだとする以上、この「時間」の問題は避けて通ることができないことになる。

これを解決する手がかりは、主人公がキュウくんをお父さんの店に連れてきて、キュウくんが夢中でブリキの鍋しきやアフリカのビーズなどを買い始めたときに、主人公はキュウくんを連れてきてよかったと思うと同時に、つぎのような「人生」に対する感懐をいだく場面にある。

（…）キュウくんの作品の中に、私とここに来た今日の日が、日記のようにおりこまれたら、どんなにすてきなことだろう。

それで、何年かたってみたら、この気持ちがみんなよみがえってきたとしたら、それこそが私の思っている人生というものに近いという気がした。

と述べるように、《一回しか起こらない瞬間》は、まさに《作品》によって、そのときの《気持ち》が封印されて、機会を得てよみがえるわけである。ここで想起されるのは、芳川泰久（2008：64-65）が、小説『キッチン』が「どこからでもはじまる」小説であるとし、「切れ目なく持続しているように見えて、刹那ごとに更新されていく現在」において、「刻々とその時間を切断することでしかそこに〈いま〉のあかしを刻みつけることができない」と指摘したことである。一概にそのまま当てはめるわけではないが、小説High and dryで、この「あかし」の機能をはたすのが《作品》といってよいだろう。たしかに《作品》についての《思い》が、小説の中で繰り返しあらわれてくる。たとえば、主人公がまだ絵の塾に通っていた時に、思ってもみないようなことでも色を塗ってしまうと、キュウくんにはなぜかわかってしまい、違和感を指摘されたこと。主人公の絵から、キュウくんが主人公には父親がいないのではと思い込んだことで、主人公は「私の気持ち」を絵が語ってしまうことを発見したこと。主人公が自分の月下美人の絵をならべてみた時に、その時どきの思いが如実に表れていたことに今さらながらに気がついたこと。こうして列挙してくれば、《作品》についての《思い》が、いかに繰り返されているかが改めて認識できるだろう。そしてさらに、キュウくんの個展で、主人公の母親がキュウくんの作品をひとつひとつじっくりとみてゆき、キュウくんについて、主人公につぎのようにいう印象的な箇所がある。「（…）

夕子が彼の何を好きになったたか、ちょっとわかった。彼の苦しみや、淋しさや、彼がどういう人になりたいのかとか、どういうことふだんむきあっているのかとか、そういうことがわかった。」と、こうした母親の吐露からも明らかなように、《作品》が創作するひとの《思い》を表現することは、それが決して主人公だけのひとりよがりな思い込みなどではなく、ある種の《普遍的な存在》として示唆されている。このことは、小説の終わり近くで、主人公がさりげなく選んだ「キュウ母」（キュウくんの母）の制作した木彫りの作品が《身代わりカッパ》であり、それに込めたキュウ母のキュウくんへの《思い》を理会しながら受け取ることで、継承するものとしての普遍的な《思い》の存在を暗示するものである。そしてこのカッパが主人公に「精霊」と呼ばれることもまた、この普遍性とかかわるだろう。

最後に、山西ゲンイチ（2009：46）によれば、よしもとばななは「ものをつくる同士」として対等に扱ってくれる「部活の先輩」のような人物で、あるとき「それでは作品がかわいそうだ。自分の作品を守るのは自分しかいない」と言われたエピソードを披露している。このことからも、《作品》への《思い》は、「時間」意識とともに、よしもとばななの文学にとって重要なテーマであることがわかる。

今後の重要な課題としては、ひとつには《父の不在》をどのように考えるべきか、という問題。そして、いまひとつには絵と本文との関連性の検討が残される。

（北海道医療大学准教授）

〈参考文献〉

よしもとばなな（2003）『日々の考え』（リトル・モア、二〇〇三年十二月）。
芳川泰久（2008）『名作はこのように始まるI』（千葉幹一・芳川泰久編、ミネルヴァ書房、二〇〇八年三月）。
山西ゲンイチ（2009）「Feel Love」十一号（祥伝社、二〇〇九年十二月）。

『なんくるない』——食べることは生きること——　渡邊幸代

あんまー　たむのー
煙《きぶ》とんどー
煙《きぶ》しぬ　煙《きぶ》さぬ　涙《なだ》そーそー
よいしー　よいしー　泣くなよ
今日《ちゅう》ぬ夕飯《ゆうばん》　何《ぬう》やがてー
ちんちん　ちんぬくじゅうしいめー

お母さん　薪《まき》が
煙たいよ
煙が煙たいの　涙が流れる
よしよし　泣くなよ
今日の夕飯　なんだろうね
里芋の炊き込みご飯だよ

（沖縄民謡「ちんぬくじゅうしい（里芋の炊き込みご飯）」より）

沖縄を舞台にした四篇の小説から成る作品集、『なんくるない』（新潮社、04・11）。「なんくるない」とはよく知られているように、沖縄の方言で「なんとかなる」という意味の言葉である。『なんくるない』は、〈沖縄が好きで好きで〉[1]仕方がないと語る作者が手がけた、はじめての〈沖縄〉小説集である。

『なんくるない』所収の「ちんぬくじゅうしい」[2]、「足てびち」、「なんくるない」、「リッスン」[3]という四作品に共通するテーマは、《沖縄》と《食》であると言って良い。沖縄へ旅行に来た都会人がその土地の《食》に触れることによって、家族や恋人、あるいは大切な人とのつながりを回復し、前向きに生きる決意をするというのが、この作品集に通底する大きな流れである。

『なんくるない』の巻頭を飾る「ちんぬくじゅうしい」は、主人公である〈私〉が〈平凡だった少女時代最後の家族旅行〉を回顧する物語である。この旅行時、すでに両親の不仲に感付いていた〈私〉であったが、その思い出は《沖縄》の《食》と風景に彩られている。

三人で夕方の道でアイスを食べたこと……道がオレンジ色にそまっていた。ふくぎがたくさん植わった民家の庭先で犬とたわむれたことや、港にお昼を食べに行って、船を見ながら汗をだらだらと流してソーキそばを食べたこと。夜中に宿の洗濯機を回す母の後ろ姿。毎日遊び疲れて電気を消すともうすぐに寝てしまったこと。まだ眠くて目をこすりながら起きていくと、宿の食堂には活気がありあたたかい湯気がたっていて、なんだかやたらにいい匂いがして、毎日朝ご飯のメニューは何かとわくわくしたこと。

また、一家は〈毎晩星空の下をてくてく歩いて同じ店に行〉き、〈父〉は〈お店の人たちがもてなしのために〉歌ってくれた〈島の歌〉を、〈私〉の〈耳元で訳してくれ〉た。その時に〈私〉が聴いた沖縄民謡が、冒頭に引用した「ちんぬくじゅうしい」である。〈昔ながらの家族のありかたのすばらしさを歌っ〉たこの民謡が示すように、〈私〉にとって家族の幸せと《食》とは、切っても切り離せないものであった。旅行中、一家は父親の妹が住む那覇へと移動し、〈母〉はよくあたるという〈ユタ〉のもとを訪ねていく。その間、〈私〉は家族で楽しく食卓を囲むことを夢見て、父親と市場を歩いた。

ドラゴンフルーツ、マンゴ、パパイヤ……。海の中の魚のように色とりどりの果物の甘い味。おみやげにいくつも、持ちきれないほど買った。それからサーターアンダギーや、たらし揚げや、かまぼこや……おいしい揚げ物もたくさん買った。

商店街のほうではかつおぶしや亀せんべいや黒糖のお菓子や、おいしい塩も買った。魚市場ではいらぶや青いぶだいや豚の頭に驚きながら、海ぶどうやかつおの入った味噌を買った。珍しくて楽しくて、父と私ははしゃいでいた。私たちがあんまり楽しそうなので、市場の店の人たちもみんな笑顔になって、次々といろいろなものを勧めてくれた。持ちきれないほど、食べきれないほどの食べ物を夢中で選んだ。まだ行われていないすばらしい晩餐や宴会のために。

〈食べて、息をして、人間はぐんぐんと生きていくのだ〉と考える〈私〉にとって、〈お母さんとおばさんが喜ぶものを買っていこう〉という思いは、たしかな〈愛情〉であった。しかし、〈ユタ〉に夢中になった〈母〉は市場で買った食べ物にあまり興味を示さず、〈私〉は〈がっかり〉する。そして〈ユタ〉に見てもらったことがきっかけで、〈母〉は旅行後も〈そういうことに似た縁を探し求め〉、ある団体と関わりを持つようになる。〈私〉は友達と〈甘すぎるお菓子を食べたり、たくさんのパスタを思い切りよくゆでてワインを飲んだり〉〈だらしなくうたた寝したり〉する〈母〉が好きだったが、今の〈母〉は、〈わけのわからないまずい粉の味しかしないお菓子をありがたそうに食べながら、この世のよきことについて真剣に語り合って〉いる。

そんな〈母〉の変化に伴い、〈私〉は〈ものを食べなくな〉り、両親は別居し、〈私〉は那覇のおばの家に預けられることになる。その後も何も食べられなかった〈私〉が回復するきっかけとなったものは、おばが昼寝の前にちょっとつまんでいた〈たらし揚げ〉と、おばに市場で買ってもらった〈マンゴジュース〉だった。〈マンゴジュース〉を飲み、〈冷たくて甘くて、なんだか「いいこと」がいっぱいつまっているような、生き生きとした味〉を感じた〈私〉は、〈「おいしい……。これが飲めるだけでも、ここにいて嬉しい。」〉とおばに語る。こうして《沖縄》の《食》によって生きる力を取り戻した〈私〉は、おばの励ましを受けながら、長い時間をかけて家族の団欒を回復していくのである。

続く「足てびち」では、〈私と恋人〉が沖縄で出会った〈奥さん〉と《食》との関係がキーワードになっている。旅行中、不思議な魅力で〈私と恋人〉に慕われていた〈奥さん〉であったが、〈冬のある寒い日、彼女は不慮の事故で死ん〉でしまう。〈私〉は〈奥さん〉の夫と電話でその死を悼みながら、〈奥さん〉と以前、沖縄の食堂で〈足てびち〉（豚足）を食べたことを思い出す。〈「実は一回も食べたことがない」〉という〈足てびち〉を口にした〈奥さん〉は、〈「ああ、思ってたよりずっとおいしい！」〉と言って笑う。〈私〉は〈あれが、彼女の人生最初で最後の足てびちだった〉こと、そしてその瞬間に居合わせた偶然をしみじみと考えながら、次のような感慨にふける。

私は一生、豚足を食べるたびに、陽に焼けたあのか細い体を、かわいらしい声の響きを、あったかい足の柔らかい感触を思うだろう。ああいうかわいい人がいたことを、大きな海の景色と一緒に思い出すだろう。

（中略）

これからの人生、私は自分で選んだ人生のあまりの重みに、何度もだめになりそうになるだろう。そのたびに、人生の最後のひとときをたまたまわかちあってくれた、あのかわいい人を思い出すだろう。その人がもうこの世にいないということを思い出すだろう。沖縄に行って、本島のあのまっすぐな道を車で走るたびに、彼女のぬくもりを体に感じるだろう。もうそれは一生消えない。

こうして〈奥さん〉の思い出は、〈足てびち〉とともに〈私〉の人生を支える大切な記憶となるのである。

続く「なんくるない」は、表題作となった作品であり『なんくるない』所収の四作品の中でも文量が最も多くなっている。この「なんくるない」は、イラストレーターである〈私〉が離婚をきっかけに自分の居場所のなさにさいなまれ、自身のペースとエネルギーを取り戻すために沖縄へ旅行する物語である。現地で偶然訪れた創作料理屋で、〈私〉は〈トラ〉と呼ばれる青年店員と出会い、恋に落ちる。この店は、未亡人である母親と姉と〈トラ〉の家族三人で切り盛りしている店であった。店内は〈丸いすと適当なテーブルがごちゃごちゃして〉いて、その賑やかさと〈天国かと思うようなおいしさ〉が、〈私〉を次第に笑顔にしていった。

この店に出会った〈私〉は、〈世界の中に今は居場所がしっかりといくつもあ〉ると感じ、これまでの自身の生き方を肯定的に捉えるようになる。〈トラ〉と店の存在は、〈私〉に〈ちょうどいい……、なんでも、なんとかなる、どうにかなる〉という《なんくるない》気分を、存分に味わわせてくれたのである。

最後の「リッスン」はこれまでの三作とは趣を異にしており、《沖縄幻想》とでも言うべき〈旅人〉の憧れや夢を、打ち砕くような露悪的な言葉が並ぶ作品である。〈十四くらい〉の野性的な沖縄の少女と肉体関係を持とうとする主人公〈僕〉の姿は、ともすれば醜悪に堕する可能性をはらんでいる。しかし、少女が海から採ってきたシャコ貝を〈僕〉に食べさせる場面は、奇妙な爽やかさすら感じさせるものとなっている。少女に出会い、〈まだ見てないものがこの世にはありすぎる〉と驚く〈僕〉は、この出来事を次のように考えている。

こういう変なことが変なふうに起こるのを、そして僕の中のわけのわからない情熱がうごめく瞬間を、僕はいつでもどこでも待っている。そしてそれはこうしてたまにやってくるから、生きていられる。

《食べることは生きること》――。『なんくるない』は、そんな言葉を思い出させる、生命力と希望に満ちた作品集なのである。

（愛知県立豊野高校教諭）

注1　「文庫版あとがき」（新潮文庫『なんくるない』07・6）

2　『本日の、よしもとばなな。』（新潮ムック、01・7）

3　「足てびち」「なんくるない」「リッスン」の三作は書き下ろし。

『王国 その3 ひみつの花園』——「自然」への回帰と性愛の回避——押野武志

二〇〇五年十一月に新潮社から刊行された本作は、『王国 その1 アンドロメダ・ハイツ』(02)から始まる『王国』シリーズの三作目にあたる。主人公の雫石を娘の視点へと転換した四作目の『アナザー・ワールド 王国 その4』(10)が番外編的な完結編となる。雫石と薬草茶作りの達人である祖母の二人は、麓の土地開発により山での生活から離れることを余儀なくされる。祖母はインターネットを通じて知り合った恋人の住むマルタ島へ旅立ち、十八歳になった雫石は山を降り初めての都会暮らしを経験する。都会生活の中で山で身につけた力は衰え、恋人・真一郎との関係に傷つきながらも、目の不自由な占い師・楓やパトロンの片岡たちとの交流を通して立ち直ろうとする日々を描いたのが、三部作の大まかな流れである。

完結編刊行記念インタビュー「3人のゆがんだ親と、無垢な娘のファンタジー」(「波」10・6)の中で、ばななは、〈大枠でいうと、3部作でのテーマは「自然と人間の関わり」みたいなことと、私自身が都会に住んでいることで疲れていて「このままいくとどうなっちゃうんでしょうね」という思いでした。『AW』(『アナザー・ワールド王国その4』—引用者注)でもテーマは同じなんですが、それから時代が進んだぶん、人々の意識は高くなった反面、状況はさらに悪くなってる。まさにそのマイナス方向に進んだ「いま」をリアルタイムにしっかり書いておきたいなぁ、と〉とシリーズ全体のテーマを明かしている。

本シリーズから、筆名を「よしもとばなな」に改めているのだが、そのいきさつを述べているインタビュー「名前と「王国」と子どもの話」(「波」02・9)の中で、『アムリタ』のような小説を〈童話的な手法〉で書いたとも言っている。ばななの言う〈童話的〉というのは、〈まず、語り手の一人語りであること、物語のなかでかならずありふれた事件が起こること、直接的でなくとも全体に哲学的な要素を含んでいること。だから私にとっての「童話的」は、現実的じゃないつくり話、という意味でもないんです〉といったものだ。

この構想は、本作においても採用されている。雫石を語り手として、真一郎と一緒に住む部屋を探す幸せいっぱいのはずの二人だが、彼の亡き友・高橋くんが遺した見事な庭園と彼亡き後もそれを守りつづける美しい母の出現により、二人の隔たりは決定的なものになる。雫石は彼女が真一郎の初恋の人であることを直観する。こうして、恋人との別れという〈ありふれた事件〉が起こり、高橋くんの庭園に一つの〈哲学的〉真理を雫石は発見する。本作の「文庫版あとがき」(新潮文庫・10)では、このシリーズを〈少女マンガ的なファンタジーのつもりで書きはじめたが、あまりほのぼのとした内容にならなかったので、自分でもびっくりした〉とも述べている。

斎藤美奈子「吉本ばなな 少女カルチャーの水脈」(「世界」01・1/『文壇アイドル論』文春文庫・06)は、よしもとの「私」語りという一人称の優位性や固有名を挙げて謝辞を述べる親密な「あとがき」の文体、ペンネームや登場人物の奇抜なネーミング、さらには、少女の成長ものという物語内容は、少女マンガからの影響というよりも、直接的には七〇年代以降の新井素子をはじめとするコバルト文庫シリーズ、さかのぼれば、『小公女』や『赤毛のアン』といった西欧の古典的な少女小説との類縁性が強いことを指摘している。確かに、孤児のヒロインが風変わりではあるが周囲の仲間たちに助けられながら、けなげに生きていくという本作のストーリーは、少女小説の基本形だろう。ただ、ヒロインに降りかかる試練は、少女小説のように都合よくストーリーに現れるわけではないし、読者に分かりやすくヒロインを自立させたりもしていない。物語の起伏は乏しいといっていいだろう。恋人との曖昧でうじうじした関係が延々と続くし、祖母から届いた翡翠の蛇も雫石を劇的に援助する宝になるわけではない。その翡翠に導かれるように台湾へ片岡の助手として同伴するものの、失恋の傷を癒す旅と思いきや、雫石が気づくのは、高橋くんの花園の秘密の方なのである。ばなな自身も、雫石は〈くせがあるし、夢見がちだし、興味のない人には全く興味のないことをくどくどとくりかえし書いている小説〉と自嘲しているのだが、〈この世界にいると自分でも少し気持ちがゆるんだりなごんだりペースを落とせたりするような気がする〉（「文庫版あとがき」）とも述べている。ばななの自己嫌悪と自己愛の混在しているキャラクターが雫石というヒロイン像なのである。

本作のテーマに関しては、同じく「文庫版あとがき」において〈小さなテーマは「はずれものでもなんとか生きる場所はある」というもので、大きなテーマは「外側の自然と、そして自分の中の自然とつきあうということ」であった〉とこれまた懇切丁寧な執筆意図を披露している。小さなテーマは、祖母との山小屋での生活から都会に降り、楓や片岡のもとでアシスタントとして働きはじめ、自分の居場所を見つけることで実現される。物語の終盤、台湾で雫石は片岡に『アルジャーノンに花束を』を例に出して、〈私はあの主人公のようなものです。山から降りてきて、どんどん知識が増えて、でもきっといつかまた、元の私、白紙の、赤ちゃんみたいな私に戻っていきたいのです。あれは悲しい話だけれど、ああいうふうにではなく、私はいろいろなことを経たあとで一周して、元の私にいつか戻っていくのです。それは山に帰るということではありません。心の中の空間の問題です〉と述べ、主人公もこのテーマを自覚する。

大きなテーマは、車椅子生活の高橋くんが作り上げた美しい庭園の秘密に関わる。〈その庭には、世界中の気持ちのいい風が集まってくるように思えた。豊かでみずみずしく、様々な色彩や蜂や蝶がまるで立体映像みたいに次々と目に入ってきた。天使が空から舞い降りてのぞきそうな感じだった〉と、雫石を別世界に連れ出すほど圧倒する。それでも雫石は、ありのままの自然に満足せずに、自然を模して作品を作ってしまう高橋くんの情熱に対して、少しの疑問を抱く。さらには、高橋くんの庭の秘密を見破れず、ただの美しい癒しの世界としか見ない母親と真一郎に対して失望しながら、高橋くんの仕事に楓の面影を重ね、楓たちのいる世界を改めて恋しいと思う。結末は、お風呂の御影石に水滴がつたってできた完璧で美しい一本の線を見て、改めて高橋くんの庭の秘密を知る。不自由な身体に対する自己表現として完璧な庭を作ろうとしたのではなく、〈苦しみも悲しみも欲も忘れて透明になってすっと、大きなものの中に抱かれてただ呼吸したい、溶けたい〉と願い、〈一周して、赤ん坊のような気持ちに戻って〉去ったのだと悟り、彼に祈りを捧げて終わる。

そして、このようなヒロインの赤ん坊＝自然への回帰の願いと表裏なのが、性愛的なものの回避だろう。高橋くんの庭を一人で見たいと言う真一郎に、母親は〈秘密を盗むつもりね〉と笑う。雫石はその笑顔に〈現世的な策略〉を敏感に感じ取ってしまい、いつか二人は結ばれるだろうと予感する。彼らの現世的な〈秘密〉の花園に対して雫石が惹かれるのは、魔法の〈ひみつ〉の花園の方なのである。楓と片岡をゲイのカップルという設定にしたのも、性愛の三角関係や異性愛の葛藤や嫉妬から自由になるためだ。雫石が楓に慰められ泣いている時、「楓が女の子を好きな男でなくてほんとうにありがたい」と真剣に思うのだった。他方、片岡は雫石に自分の子種で子供を作って三人で育てようと提案する。雫石は〈それはほんとうに最悪の場合ですね〉と言いながらも、子供の産めない彼らの淋しさを思い、愛おしく優しい気分になる。産む性としての女性性は、〈絶対的〉に肯定されている。完結編は三人の娘・片岡ノニの物語である。

（北海道大学教授）

『みずうみ』における自然・生命・母性

——川端康成『みづうみ』との比較——

李 聖傑

よしもとばなな『みずうみ』は二〇〇五年十二月にフォイルから初めて刊行され、二〇〇八年十二月に新潮文庫より刊行されている。地元の名士のパパと盛り場のクラブのママが結婚せずに生んだ私生児のちひろは、ママに病でこの世を去られた時にまだ小娘であった。斜め向かいのアパートに住む中島君と、窓辺の挨拶から始まり、ちひろの部屋で一緒に過ごすこととなった。過去に何か大きな傷を背負った中島君の心の重荷を下ろすために、二人でみずうみへ向かう。みずうみのほとりにある古びた木造の家は、友達のミノくんとチイさんの兄妹二人の現在の生活の空間であり、中島君と母が昔過ごした場所でもあった。悪の象徴といえるミノくんの母の写真を見たちひろは、中島君がある団体に誘拐されたことに気付き始め、中島君の謎の過去が分かってくる。二人は一緒にパリで一年間の留学生活を迎えようとする。この物語は、早く母を失い、傷つけられた二つの若い心がお互いに慰められていくという骨組みである。

作品の冒頭は、ちひろが見た死んだママの夢から始まっている。ママが死んでから、初めての長くてはっきりとしたママの夢だった。混乱している状態の中に置かれている主人公にとって、恋の悩みを相談できるのは夢の中のママだけである。自分で自分を閉じ込めて〈牢獄〉で眠っている中島君を助け出したいちひろは、物語の〈ヒーロー〉になり、人知れぬ過去がある中島君は〈ヒロイン〉になった。過去に関する思い出の場所は、作品の題名の〈みずうみ〉である。そこには中島君と亡くなった母の重い思い出がある。母というと、作品に善の象徴と悪の象徴の二種類の対立する母の型が描かれている。善の象徴といわれる中島君の母に対して、ミノ君の母は悪の象徴である。しかし、作品の主題は勧善懲悪ではなく、傷付けられた心を如何に癒すことができるのかということである。

その癒しの過程とは、〈瞑想のトレーニングで行った寒々しい真夜中の海〉で、中島君が母を思い出し、非人道的な行動をするある団体に誘拐されて馬小屋に逃走しており、〈馬は僕を見てもなぜかおびえたりあばれたりせず、じっと僕を見ていた。その黒い目が、つやつやに光った毛が、僕をすっかり落ち着かせた。(中略)馬は特になにを思うでもなく僕を見ていたけど、その目はみずうみのように、吸い込まれるようにきれいだった。／僕は一生馬に感謝すると思う。／馬が、あの野生の瞳で、僕を元に戻し、大丈夫にしてくれたんだ〉というものである。みずうみのような〈野生の瞳〉のある馬が、中島君を落ち着かせ、元の世界に戻した。黒い瞳の底しれぬ力や毛のつややかな〈光〉などが、深く傷つけられた中島君の心の闇を解きほぐした。これに対し、川端康成の『みづうみ』の一節が思い出される。〈少女のあの黒い目は愛にうるんでかがやいてゐたのか、銀平は気がついた。とつぜんのおどろきに頭がしびれて、少女の目が黒いみづうみのやうに思へて来た。その清らかな目のなかで泳ぎたい、その黒いみづうみに裸で泳ぎたいといふ、奇妙な憧憬と絶望とを銀平はいつしよに感じた〉とある。銀平は少女(町枝)の黒い目の潤いのある輝きに感応し、その〈みづうみ〉のような黒い目の中で泳ぎたいという願望が出てきた。両作品は、黒い目がみずうみに喩えられることや、そこに救済を求めることなどが共通している。

ばななと川端の関係について、近代文学研究者原善に、一九九九年四月十五日の『東京新聞』夕刊「川端康成の現代性　生誕一〇〇年／没後二十七年」に、〈最も現代的な作家の一人吉本ばななにしても、実は隠れ川端ファンだとしか思えない事実もある〉との指摘がある。同文章では、『キッチン』における主人公の肉親の喪失と川端自身の人生体験の重なり、「ムーンライト・シャドウ」のオカルト的傾向と「抒情歌」などの川端の心霊学的な傾向の類似性、援助交際娘を描いた『白河夜船』と川端の『眠れる美女』との関連性が指摘されている。更に加えて全く同じ題名である川端の『みづうみ』との繋がりを見ることにしよう。

例えば、川端の作品に「みずうみ」に関する次の表現がある。〈若葉のころの涼しい風のはずだが、銀平は花屋のみづうみほどの広い窓ガラスを、腕で突きやぶりさうに感じた後のせゐか、氷の張つたみづうみが心に浮かんだ。母の村のみづうみである。そのみづうみの岸には町もあるが、母の里は村である〉とある。ここでの〈若葉のころ〉とは丁度早春の時期であり、銀平は湖の岸で吹かれた風に爽やかさと涼しさを感じたのであろう。ばななの作品に〈みずうみをわたる風は冷たく、甘い春の気配がちょっとだけ混じっていた〉とあるように、湖の描かれている季節に関して川端の作品と重なっている。そして、『みづうみ』の主人公銀平は風に吹かれた〈みづうみ〉を思い出し、母に帰着している。『みずうみ』の主人公中島君にとって、母と再会できてから、療養の場所であるみずうみでの暮らしが最上の思い出になった。〈淋しいような、きれいなような〉みずうみは、表面はまるで鏡のようで、音まで吸い込まれていきそうだった。中島君と共通するように、ちひろは母性の愛が欠如している人間である。また、『みづうみ』に〈さざ波もない大きい鏡のやうなみづうみだつた。銀平は目をつぶつて母の顔を思ひ出した〉という一節がある。これに対し、ばななの作品に〈みずうみは静かで、音まで吸い込まれていきそうだった。表面はまるで鏡のようで、風が吹くと小さなさざなみがわたっていく。鳥の声だけが高く低く響き渡っていた〉とあるように、両作品は湖を〈鏡〉のようだと喩えており、湖の〈鏡〉は自然を映すと同時に、〈鏡〉を見る人の心象風景も映し出している。山奥の湖面に生じた小さなかそけき湖の波紋を見て、母との昔の思い出が浮かび上がり、救われたい願望が最終的に母に帰着することに両作品の類似性が見られる。

また、こういう外部社会と隔離されている空間〈みずうみ〉に置かれている中島君の心の重みは、母の愛情により魂の深いところまで解き放たれた。ちひろを連れて二人でこの〈限定された世界〉に入り、亡くなった母の思い出の場所であるみずうみのほとりの家の窓からはみずうみしか見えなかった。〈深い穴みたいに闇に沈み、木立とのコントラストでかろうじてそこに闇以外のものがあるとわかるくらいにすうっと黒かった〉みずうみを振り返ると、この世の景色と思われないようであり、ちひろは〈非現実の世界にいるみたいにぼんやり〉としていた。これに対し、川端の『みづうみ』に別世界（魔界）が構築されていることは異論がないだろう。

このほかに、中島君は〈遺伝子〉を研究していることと、銀平は醜い足の象徴といえる〈血〉に拘ることから見ると、両作家は人間の生命の根本である繁殖と遺伝の問題に大きな関心を示していることがわかる。以上のように、みずうみと母の関わり、みずうみの非現実の世界の設定、みずうみにおける救済の機能などの面から見ると、ばななの『みずうみ』にも、川端の作品の受容が見られる。ばななが意識していたからこそ、ばななの作品におけるみずうみの救済としての働きが読み取れるのだろう。また、ばななの作品に二種類の母が描き出されているのが、何故勧善懲悪ではないのか。それは、そもそも善と悪の境が極めて定義しにくいのであり、視角が違うと、世間に言われている善が悪になってしまい、悪が善に転換してしまう場合もあるからなのである。これも川端の『みづうみ』に提出された倫理、道徳とは何かという世間が改めて考えるべき問題に共通している。戦後の日本における銀平などのようなデカダンスの社会に生きる人々を戦後の混乱の時代から超克させようとする川端の意図と同じものが、現代人を人生の煩悩から脱出させようと描かれているばななの『みずうみ』にもうかがわれるであろう。


（早稲田大学大学院生）

『イルカ』論――〈海〉に還る――

岡崎晃帆

『イルカ』は二〇〇六年三月に文藝春秋より書き下ろし作品として刊行された。物語は独身の主人公・キミコが妊娠し出産するまでの経緯を彼女の視点から回想しているが、作者であるよしもとばななのプライベートと関連させて見てみると、ばなな自身は二〇〇三年二月に長男を出産している。この作品は彼女が初めての出産を経験した約三年後に発表された作品ということになるが、文庫本のあとがきに〈授乳中の貧血で文章がどことなく散漫である〉とあるように、出産後間もない時期から書き綴られていた。〈ちょっと大きいことに挑みすぎて、失敗したところもあるけれど、かなり新しい小説だと思う。(…)今は地味でぱっとしないけれど、後々に考えると要となっている、そういう作品だと思う〉(『ついてない日々の面白み』07・1)と作者は語る。《出産》という人生における大事業を成した彼女が、同じように出産に立ち向かう女性の喜びや苦悩を描こうと思った動機は想像に難くない。物語自体も登場人物たちの複雑な人間関係にも拘わらずドロドロとした修羅場は一切なく、新しい生命の誕生に際して携わる人々が互いに協力し合い、未来に対する期待感に溢れて再出発していくという、ばなな文学の醍醐味とも言える爽やかで軽妙な結末を迎えている。

ばななの作品の特徴が〈若い女性のもつ生理的とも言える活力を体感しつつ、時の経過を味方にして立ち直ってゆく〉と指摘されている(山田吉郎「吉本ばなな『キッチン』論――生の回復への通路」「山梨英和短期大学紀要」96・12)

ように、物語の〈時間性〉が作品を読む上で重要な鍵となっている。この『イルカ』という作品の主軸は主人公・キミコが妊娠し出産するまでの経緯だが、これを〈回復の過程〉として捉えるとき、そこには《蘇生》の物語が現れてくるのである。

作品が《出産》というテーマを扱っていることもあり、随所に《生》とそれに対応する《死》の象徴が多く用いられている。《生》に関して言えば、妊娠のきっかけになったイルカ、妊娠中キミコを守るように夢の中に現れる飼い猫のシロ、そしてまさに命を育む存在である彼女の亡き母などが〈私の中にあるこれまで受けてきたすばらしいものの象徴〉として描かれている。これらはキミコの出産に際し温かで優しい思い出として彼女を励まし、また夢の中に現れては彼女とその子供の命を救うための手助けをする。これに対しキミコの周囲に何度も繰り返し現れる剥製や、夫によって堕胎させられた経験のある老婆の水子、夢の中に現れる崖などは〈子供の命がなくなるかもしれない不安やマイナスの何か〉を表し、彼女に悪意のあるものとして忌避されている。物語が新しい生命の誕生という結末を目指して進んでいるのであるから、それとの対比の中で《死》が扱われるのは不自然ではない。しかし、ここでキミコの口から何度も語られる〈旅〉という言葉に着目してみたい。

インフルエンザから回復する過程をキミコは〈小さい旅〉と表現する。病の中で《死》に接近する体験をした彼女は、そこからの回復を通して〈まるで生れ変わったかのよう〉に旺盛な生命力を発揮していく。それは終わりに接することで生まれる始まりであり、《生》の当然の帰結として《死》が語られるのではなく、連続する時間の中で《死》を克服することで発揮される《生》なのである。そうしてみると、前に挙げた《死》の象徴も《生》との対比でのみ語られるのは不十分である。

友人の別荘で剥製を発見したキミコが〈ここには生命のサイクルからはずれて行く当てのない死体の、意味のない死の空しさがあふれていた〉と感じるように、彼女にとって嫌悪されるべきものとは、停滞する時間の中にあって緩やかに荒廃していくもの、つまり時間の連続性から離れた存在の孤独である。この停滞する時間に捕らわれているものはキミコ自身であり、キミコとその家族、そして五郎とユキコたちだ。キミコは自分について〈私の人生もある意味では膠着状態にあったのかもしれない〉と語り、家族に対しては〈母親が死んでから、父は静かに歳をとっていって、（…）そこにはなにか終わった後のもの、落ち着いた世界の中でみんなが歳を取っていくだけの淋しい雰囲気があった〉と感じていた。そして五郎たちについても〈私のせいでなくても、五郎とユキコさんがある意味でもう終わっているのは明白だった〉と告白する。そのような中でキミコはひとり都会を離れ、女性たちの仮避難所となっている寺や友人の別荘のある〈海辺の町〉へとやってくる。

この時キミコの周囲に展開する《海》が生命の象徴であり、〈水の世界〉が母親の羊水や母性を連想させることは言うまでもないが、ここで《海》は時間性の象徴として捉えることができる。《海》の時間性とは、ある生物の《死》が他の生物の《生》を育むように、終わっていくものの中に新しい《生》の時間が内包されているという存在の連続性である。キミコが過ごす〈海辺の家〉も彼女がやってくる前は〈ほこりっぽい幽霊屋敷〉であり〈廃墟のよう〉であったが、キミコたちによって剥製が埋葬され、友人とその恋人が生活するようになると、〈驚くほど印象が明るく〉なり〈すっかり家庭らしく〉生まれ変わった。この〈海辺の家〉には《蘇生》の過程が象徴的に体現されているが、キミコとその家族、五郎とユキコたちの膠着する関係性に変化をもたらしたのは、〈さずかりもの〉であり〈未来そのもの〉であるアカネちゃんの存在である。子供が生まれる以前は〈もう決して若くはない妹が、いちばん幼い役どころを演じ続けていることも、悲しかった〉と語るキミコが、出産後には〈妹は私の中ではどこかでいつも幼く明るい子供のままのイメージがあって、（…）彼女がいるだけで私は幸せな側、明るい側、生命の側にいる錯覚をすることができる〉として妹に対する心象の変化を語っている。また五郎も〈いやおうなしにお父さんという生き物に変わって〉いて、それに伴いユキコも〈少しずつ離れていく頃合いを、計っていく時期〉だとしてもうひとりの恋人のもとへと離れて行くのである。そしてキミコ自身は〈いつも静かで、何も育まず、誰の役にも立っていない〉ことを誇りとしていたこれまでの生き方から、出産を経て〈私は世界に出会いなおし、学び直し、つながりなおすのだろう〉と思い直し、〈私がいるだけで、世界は動き、宇宙は生きている〉と感じるほどの充足感に満ち溢れるようになるのである。出産に携わった人々の気持ちを代弁し、彼女の妹は言う。〈「私たちにはこういうフレッシュな生き物が必要だったのね！」〉と。

これは〈発展性のない〉関係の中で〈淋しさ〉や〈空しさ〉を抱える人々が、子供の生命力に触発されるように人生の尊さや未来への希望を回復していく《蘇生》の物語である。キミコは〈子供がいなくてもいられる人生のやり方〉を模索していたが、それこそが〈生命のサイクルからはずれていく〉行為であり、彼女が剥製に感じた嫌悪もこの存在の虚無を自己の未来に投影していたからだとも言える。《海》が生物の多様性を許容しながらその存在を育むように、そこには豊饒で厳粛な生命の営みが存在する。〈生命のサイクル〉から外れて行きそうだったキミコたちの下へ意図せずもたらされた新しい生命は、《出産》という本源的な《生》の営みを経験することによって、彼女たちを自然の流れへと還していくのである。何者にも受け継がれずただ時の経過を待つばかりだった生命が、子供という存在を通して未来へとその《生》の痕跡を繋いでいく。キミコはそれを〈もう、どこへもいかないのに、どこまでも遠く〉と表現する。そこには《死》を超克した《生》の無限の可能性が満ち溢れている。《海》はそのような希望の源泉として描かれているのである。

（現代文学研究者）

〈ひ〉とかげ——田村充正

一、「とかげ」と「ひとかげ」

「とかげ」（一九九三年）と「ひとかげ」（二〇〇六年）という二つの小説のあいだには、十三年の歳月の隔たりがある。著者自身による自作品の改作という例を私はあまり知らない。表題は変わったのだが、物語内容の基本は変わっていない。分量は四百字詰原稿用紙に換算して、およそ四十五枚から七十五枚へと増えた。著者名の表記がこの間に〈吉本ばなな〉から〈よしもとばなな〉に変わった。

何が変わり、何が変わらないのか。単行本『ひとかげ』の巻頭には著者自身の改作への動機が記されている。〈「とかげ」に関して言うと、おばさんになってからの私は、主人公の職業意識が甘いと感じました。それから、ふたりの過去の体験が誇張されすぎているな、と思いました。若さゆえに極端を好む書き方です。／彼らがつらい体験から何を学び、なぜ今もつらい人たちと関わりあっているのか、なぜお互いの暗さに耐えられないと想いながらも、ふたりはしがみついているのか。／そこをポイントにして、私は「とかげ」をリメイクして「ひとかげ」という小説を書きました。／これで悔いはありません。〉

「とかげ」の主人公のふたりの〈職業意識が甘い〉のかどうかよくはわからないのだが、なるほど「とかげ」で〈自閉症児専門の小さな病院でカウンセラーや治療〉をする〈医者〉という設定をされていた語り手の〈私〉

は、「ひとかげ」では〈児童相談所と密接につながっている私立の児童専門クリニックのアシスタント〉で〈保育士〉の資格ももつ三十歳になろうとしている（二十九歳）男に変わっている。とかげの方は、〈エアロビクスのインストラクター〉から気功師に才能を認められ（弟子入りして）半年間の台湾（中国）留学を終え、〈小さな治療院を開い〉て働くという設定に大きな変更はない。

〈ふたりの過去の体験が誇張されすぎている〉という点については、作品末にとかげの提案で小さな旅に出た成田山の参道で〈私〉が〈実は俺も、秘密があるんだ。〉と切り出して告白したその少年時代の凄惨な体験〈母親は、はじめ父親の弟とつきあっていたがふっちゃって、今の父と結婚したんだ。そうしたらそいつは思いつめちゃっておかしくなって、ある日家に押し入り、ナイフでおどして2人を縛り上げて、父の目の前で母親を犯して、目の前で自分に灯油をかけて、火をつけて、自殺したんだ。……母親は父親の望みで俺を産んで、すぐに調子がおかしくなって、俺は親戚の家にあずけられて、またいっしょに暮らすようになって、5つのときだったかな。自殺した。ごめんね、って、遺言を聞いたのは俺だった。〉が、「ひとかげ」では〈父の目の前で〉が〈父の留守中に〉に、〈自殺〉が〈肝臓の病気で死んだ〉に書き改められる。とかげの五歳のときの体験、つまりある日狂人が家に押し入ってきて母親を刺して逃走したこと、そのショックで母親がおかしくなり、父親も病的に神経質になり、とかげも目が見えなくなったこと、心神喪失者として刑事処分されずに出てきた犯人を呪い殺した、という「とかげ」の内容はそのまま「ひとかげ」に継承されている。

こう整理してみると、変更が加えられたのは、とかげではなく〈私〉の職業と過去の体験であることがわかる。著者の〈悔い〉は、どうやら〈私〉という登場人物像にあったようだ。

そして作品の表題が変わった。「とかげ」は右の内ものつけねにとかげの入れ墨がある三十三歳の女主人公の呼び名そのものなのだが、「ひとかげ」は「とかげ」にはなかったとかげの次のつぶやきの中にこの単語が刻まれ、その意味を示唆しているように思われる。〈私の聖堂には誰もいない、私もいない、人影がない。〉

二、「ニュースその後」の子供たち

さて「とかげ」という短編小説は、そして「ひとかげ」も、幼少期に心を抉られ、拭い去ることのできない体験をした主人公たちが、成長してどのように自分を確立し、人や社会とつながっていくか、を描いた物語だろう。「とかげ」の主人公である語り手の〈私〉は、実はとかげ以上に凄惨な体験をしているのだが、作品の冒頭でその痕跡を読者にみせることはない。十九世紀のリアリズム小説ならば、この主人公を神の視点に立つ語り手が何十頁にもわたってその精神の隅々まで詳細に描き尽くすだろうし、二十世紀初めの語る〈私〉ならば、無意識の深みにどこまでも測鉛をおろし、饒舌に自己分析をつづけるのだろうが、ばなな文学はそこをさらりと通り過ぎる。あえて探せば、内ももにとかげの入れ墨のある、爬虫類のように体が冷たくて暗い女性に心惹かれるその嗜好に〈私〉の心の傷の痕跡を認めることができるのかも知れない。「とかげ」の〈私〉が〈医者〉、精神科医という職業（「ひとかげ」では臨床心理士、保育士）に就いていることも、自らの心の傷に向き合うために孤独に勉学に勤しむ青春時代を送ってきたことを思わせる。言葉少なにとかげと接する〈私〉、作品末まで過去の体験を語ることのない〈私〉の静謐さが、この作品に底流する緊張感を生み出している。〈過去の体験が誇張されすぎている〉、〈若さゆえに極端を好む書き方です〉と著者は改作の理由を記すが、「とかげ」の〈私〉が経験したような凄惨な事件は現実にも起きている。事件記録を瞥見してみると例えば、昭和四十五年八月には埼玉県の戸田市でかねて兄嫁に懸想していた弟が夜その家に忍び込んで兄夫婦を鉞で襲い、虫の息の兄嫁と性交し、物音で目覚めた十二歳の長男まで殺害するという事件が発生している。「とかげ」の〈私〉はこのような事件で生き残ってしまった少年なのだ。

マスコミのニュースや世間はこのような事件を猟奇的な出来事としていっとき注目するものの、その後生き残った少年がどのような生涯を送ることになるかは忘れてしまう。「とかげ」はこうした「ニュースその後」の子供たちを見つめつづけた作品といえる。

「とかげ」のとかげの方は、母親刺傷事件を目撃して目が見えなくなるのだが、やがて快復する。とかげの心の傷は、この事件から受けた衝撃以上に、その後犯人を呪い殺した（と思い込む）罪悪感にあるようだ。しかし気功という人を治療する能力をいかす道に辿り着いたことで、また唯一〈私〉という語り相手〈とかげは私以外の人間とはほとんど口をきかなくなった。基本的に人は人と口をきかなくては生きていけない。だから私は彼女の命綱なのだと思う。〉を見つけられたことで、戸惑いながらも人や社会とのむすびつきをつくっていけそうなのだが、〈私の聖堂には誰もいない〉とつぶやく「ひとかげ」のとかげは、まだ遠い道のりを歩いて行かなければならないのかも知れない。

三、詩と小説

「とかげ」と「ひとかげ」、どちらの作品が好きかと尋ねられれば、（ばななさんには申し訳ないのだが）私は迷うことなく「とかげ」と答える。理由はたぶん「とかげ」の方がより詩的だからだ。もともとばなな小説を読んでいて気づくのは、小説なのに描写が少なく、表白で物語が進行していく点である。和歌集を読んでいるような印象、それは登場人物の行為や出来事を描くのではなく、その思いの表白をつなぎ合わせながら物語を展開する「源氏物語」を読む印象とも似ている。ジャズの即興演奏を、一度筆を和紙に滲ませたら描き直すことのできない墨絵に喩えたライナーノーツを読んだことがあるが、「とかげ」にはそんな緊張と静謐がある。

（静岡大学教授）

逃れ続ける、気配のあわい——『チエちゃんと私』——錦　咲やか

人と人とが関わりあうということ。それぞれに、ある場所を形づくり、交わりあうということ。よしもとばななのテクスト世界は、その場所の様々な在りようを常に示す。そのかたちの目指す方向性は常に変わらず、時に古く時に新鮮な感触を読者にもたらしているが、この作品においてその場所は、確かに懐かしく、同時に特異な斬新さに満ちている。

イタリア雑貨の買い付けをしながら気ままに暮らす「私」は、残された「誰かいっしょに住んであげてください、お金がつきるまで毎月三十万円出します」というような遺言状に従い、身寄りをなくした七歳年下の従妹・チエちゃんを引き取ることになる。「チエちゃん」はよしもとばなな作品の中でも鮮烈な印象を残す人物だ。『TUGUMI』のつぐみなど、愛されるキャラクターを毎作品生み出す作家であるが、チエちゃんの印象はいわゆるキャラクターとは違う、異質な残り方を胸に宿す。人としてではなく、チエちゃんのもたらすイメージが、絵画のように、雨だれのように残る。チエちゃんは外国でヒッピーのような育ちをし、ものすごく無口で、勤めてはおらず、朝顔などの植物を出窓いっぱいに育てている。派手な言動はなく、唯一作れるおみそ汁を毎日きちんと作ってくれる、日々のかけがえのなさ。チエちゃんは本小説内で、日々の象徴のように、ほそやかな気配として機能している。やがてチエちゃんと私に血の繋がりが実はないこと、それをチエちゃんがずっと秘めて

いたことを私は知る。

他人から見たら、チエちゃんはペットのようで、お荷物、邪魔、障害などと思われるかもしれない。慈善事業だ、親戚だから仕方ない（前述のように事実は異なっているのだが）、淋しいから誰か住む人がよほどほしかったのか、実は女同士の恋人なのだろう、などと様々に捉えられるもの。「それらは私の中に微妙ではあるが確実に降り積もっていって、いつのまにか私までその人たちと同じようにうっすらと感じるようになってしまう。それがやっかいなのだ。」はっきりと疑問や、ある種の妬みを口に出してもらえれば「チエちゃんに多少偏ったところがあるから引き取らなくてはと思ったのではありません。友人としてのチエちゃんに好きなところがあるからです。そして、チエちゃんが私を今の時期必要としているからです。」と堂々と言えるのだが、周囲の人は決して表明せず、心の中でスタンプを押していく、と主人公は感じている。そしてそのスタンプに対し常に抵抗している。このテクストは、スタンプ的な関係性や居場所について、常に実際のありようを丁寧に説明していく流れをとっている。〈恋愛〉という関係性へも、当然それは及んでいる。

「私」はイタリアへ買い付けから帰る飛行機の座席で、偶然隣り合わせになった男性と、会話は一言も交わさず自然なキスだけをして別れる。後にその男性・篠田が「私」を探し当てて接触してきたことで、ふたりの間には恋愛の気配が生まれる。しかし「私」は恋愛初期特有の華やぎにはとらわれず、あくまでも「私たちがいっしょにいると起きるあの面白い感覚、ふたりの見ている不思議な空間」をもっと味わいたいと思いを馳せる。流れに逆らうとさっと消えてしまう、日々の泡のようなもの。遅かれ早かれいずれにしても消える泡だから、見届けようとする気配。そのなかにあらわれる「私を思って、私に対して向けられたごほうびみたいな他人たちの感情」は、「誰にもわけてあげられない、私だけのキャンディなのだ」。チエちゃんとの暮らしは、大切な泡＝キャンディをそのまま味わうような日常として繰り返し立ち現れている。

よしもとばななは「関係」ではなく「場」を描いていると父から指摘されている（『吉本隆明×吉本ばなな』ロッキング・オン、一九九七・二）。この指摘は非常に的を得たものだ。描かれるのは人と人との固定された関係性ではなくて、ゆるやかに移動しながら重なり合う場の連続でしかない。書かれるのは一貫して自己対世界であり、個が含まれた世界とのやり取りがそのまま小説空間となっている。その為、逆に交換可能性という認識が得られない。結果、生の一回性を普遍性に高める効果をもった記述スタイルが構造としてみられる。

「……イタリアかぶれの女が、何回もイタリアに行って、恋愛して、親戚のコネで仕事をもらって、バイヤー気取りで何回もまたイタリアに行って、一人暮らしも淋しいからといって親戚のちょっとおかしなおばさんを引き取って、くたびれてきたおばさん同士でいっしょに暮らしていて、バツイチのだめっぽい男にちょっと口説かれたらその気になって火遊びしていて、これということもなく人生は過ぎていく。どんどん歳を取っていく。子供はいない。先細り。自分勝手な人生の淋しい終わり。」主人公を「外から見てわざと意地悪く描写」すればこのようになる。これは「ある角度から見たら真実」であり、つまりある意味この小説の身も蓋もない要約ですらある。主人公は常に世間的な外側の世界から見た自分に意識的である。自分の勤める、おばさんがやっている雑貨店の山田店長が引き抜かれたときも、主人公は自然な態度で受け止める。わざと悪意に満ちた捉え方を度々テクストの中にあげ、それに対して主人公の世界を浮き上がらせる形がとられる。「山田店長今頃忙しいんだろうな、ざまあみろ。」「チエちゃんはどうしておみそ汁は作れるのに、あと一歩がんばってごはんを作ってくれないのだろう？　いまいましいな。」「篠田さんは男のくせにどうしてもう一押しして私を誘ってくれなかったのだろう、私がもう歳だからかしら。」……いずれも大変わかりやすいスタンプ例だ。「ちょっと考えただけでこれだけたとえが出てくるのから、心の奥底にはそういう気持ちがあるのかもしれない。でも、比較的そういうのがないのだ。」と語るように、主人公の生きる世界は、そのような悲観に彩られてはいない。至るところに浮遊し、入り込んでくるそういったスタンプから身を守る在り方を、そっと分け与えるためにこの小説は編まれている。主人公にとって、世界はあるべき姿にいつか変わるべきものではない。今のままのもの、今あるものが世界である。

主人公を取り巻く世界のスタンプに対し「でも、全然そんなものではなかった。」「この胸の中に毎日萌える炎のような赤い輝き、それは外から通りいっぺんの目で見ても誰にも決してわからないし、簡単にわからせはしない。」と主人公は感じる。私が「燃えるような謎」でできているということ。巨大な宝石のようなきらめき、その全てが私だけのものであることのスペシャル。これはよしもとばななが常に描いている「ほんとうは人はみなそうなのだが、とにかくこの私はすでに知っている」ことである。自分だけが知っている自分だけのもの、そのもの自体は決して共有できない。仮にできるとすれば〈場〉の共有からの微かな空気感や、雰囲気における不確かな気配のたたずむ〈間〉しかない。

チエちゃんは「毎回違う波だというふうに思えることのほうが、似た波を分類するよりも大事」だとサーフィンになぞらえて話す。全てのことがほんとうは少しずつ違っているが、広すぎてこわいために、いつでも固定させて安心しようとするのが人間だと。全てのことがほんとうは少しずつ違っているが、広すぎてあらゆるスタンプを含む意識の固定から逃れようとする気配で、このテクストは終始している。ただひとつの矛盾はテクストが、どんなに流れるものであろうと、文字というかたちで固定されようとすることであるが——読者がテクストと交わるときに形成される〈場〉の気配が、あくまでもその読み手だけのキャンディである以上、それらは固定されるものではなく、味わい尽くされゆっくりとけていくものであろう。

（日本近代文学研究）

流れゆく時間と心を解き放つ光と――中上　紀

ハワイとは、灼熱の南の太陽の下、多民族が混ざり合いながら呼吸しているところであり、美しく力強い神々の物語が、悲しいほどに激しい歴史が、山から生まれやがては海に注ぎ込まれていく水のように、一つの大きな流れを作っているところである。また、透き通った海と、どこまでも青い空と、むせるように甘い花の香と、人々の明るくおおらかな笑顔が、数多の旅人たちを惹きつけるところでもある。

私は二十代前半から半ばにかけてのほとんどをオアフ島で暮らしていたのであるが、日々を過ごしているうちに、自然に心身に溶け込んでいったそれらハワイ独特の要素は、やがて私自身の風景を形成していった。同時に、自分自身が島の一部になったことにも気づいた。人と出会い、語らい、触れるあらゆるものを愛し、自分が在ることに感謝する。島の生暖かい風にひとたび膚を包まれると、泉があふれ出すように、抑えきれない感情となって心を熱くする。

よしもとばなな氏の著書『まぼろしハワイ』は、その「風」を読者のもとに運ぶ。氏は本書を執筆するにあたって、何度もハワイに通った。「まぼろしハワイ」と「姉さんと僕」はオアフ島、「銀の月の下で」はハワイ島が舞台である。

表題作「まぼろしハワイ」は、父を亡くし悲しみにくれている主人公オハナと、義母あざみが、二人で父の思い出のあるハワイへ行くという設定で、ストーリーのほとんどはオアフの風景の中で展開されていく。ハワイに行ったことがある読者も、ない読者も、懐かしく、それでいて新鮮な熱に捕らわれ、酔ったようにページを捲るだろう。ワイキキが、ノースショアが、本書の向こうから甘美に誘いをかける。匂いたつような空気に、今すぐにでも飛び込みに出かけたくなる。あっけらかんと明るい砂浜の上に身体を投げ出し、午後を過ごすことが出来たらどんなにいいだろうか、と思う。

「風」の中を自由に動き回る登場人物たちもまた、それぞれが強烈な個性を放つのであるが、彼らは一つ共通点を持っている。それは、優しさと強さである。オハナや、あざみさんや、マサコさんや、山本さん。愛する人の死や、孤独、さまざまな逆境を乗り越え、明るく生きる人々。彼らから滲み出る優しさそして生きることへの勇気が、文字の一つ一つを満たし、読者のどこかと共鳴する。どこかとは、つまり、癒されたい傷である。登場人物たちは、皆傷を抱えている。傷を持つからこそ、他人に優しく出来るのだし、癒すこともできる。生きていく強さを与えることが出来る。文字を通じて、その力はストレートに読者に届く。

ハワイの人々は、とにかく人懐っこく、そして世界一の笑顔を持っている。同じように多民族社会を抱えるロサンゼルスに住んだこともあるが、そこは人種間あるいは民族間にはっきりと「線」が引かれている地であった。例え大学のキャンパス内でも、「線」を越えて友情を育むのは簡単なことではなかった。ハワイに移ってきた時、まず気がついたのはその「線」が存在しないということだ。移民の歴史によって、複数の民族をバックグラウンドに持つ混血の美しいロコたちが生まれた。遠い先祖に、イギリス、ポルトガル、中国、韓国、日本、フィリピン。そこに、ハワイ先住民の血が混ざる人々。ハワイでは、はじめまして、の挨拶の後に「What are you?」と聞く。あなたは何、つまり、あなたは、何と何の混血ですか？という意味である。彼らは自分の血を誇りにしている。だから、同じくらい相手の民族を尊敬する。異なる者どうし繋がりあい労わりあい、互いに心が豊かになっていくことの喜びを知っている。

それは、あざみや、マサコさんや山本さんという、日本人でありながらハワイという地に根を下ろして生きてきた人々の描かれ方にも現れている。人も自然もモノもありのまま受け入れ、愛する「ハワイ人」の在り方。〈マサコさんは毎日家の中のものに愛情をこめて話しかけているから、きっとマサコさんが淋しいときは家の中のものたちが彼女をなぐさめる〉（まぼろしハワイ）

たった一人の肉親を失い淋しさに押しつぶされそうになっていた主人公オハナは、ハワイ人の生きる術を知り、心を動かす。

本編のそこここに、フラというハワイの伝統舞踊が登場する。ある意味、小説の軸と言っても良い。例えば、過去に子を亡くしているマサコさんの踊りを見てオハナは〈どうしてこの人たちが悲しいことを体験すればするほど、踊りはよくなってしまうんだろう〉と思う。もともと、ハワイ人にとってフラとは、神への奉納あるいは神との語らいであった。手の動き、足の動きの一つ一つに、言葉が存在する。苦しみも悲しみも、フラは包んで溶かす。ハワイの自然そのものであると言い換えても良い。本編に描かれたフラはまた、人間が享受できる本当の豊かさは、お金でもモノでもなく、〈あたたかい風と太陽の光と移りゆく時間が変えて行く景色〉であると気づかせてくれる。

「光」もまた、特別なキイワードである。本書ではどうやら、流れていく時間に逆らわず、風景に漲る神秘な力にただ抱かれていると、「光」がやってくるようだ。心を照らし、優しく解き放っていく光が。〈全てはやっぱり去ってゆく船なのよ。きっと人はそうではないって錯覚したいだけ〉（姉さんと僕）

交通事故に遭い瀕死の母親の子宮から〈引きずり出され〉てこの世に生を受け、歳の離れた姉と二人で必死に生きてきた「僕」は、ハワイの「光」の中、やっと姉と本音で語り合うことが出来るようになる。

〈低く茂る緑が光に包まれて輝いて見えた。遠くの山々の連なりも朝の光で生まれ変わるような輝きを見せていた。私はコーヒーを飲みながら、広田さんの隣でじっとその景色を見ていた。美しい縞模様を雲の影が大地に描いていた〉（銀の月の下で）

美しい朝の喜びを「私」にも垂らしたのは、ハワイの〈月の光の魔法〉だった。「光」は辛い過去をも消していった。いや、「光」が消したのではなく、繊細な心を持つ者同士が、その「光」の下で共有するきらきらとした時間が消した。

〈いつとけるともしれない〉、それだからこそ輝かしいハワイの〈魔法〉である。

（作　家）

『彼女について』——知解することの意味——

上田　薫

『彼女について』は「あとがき」によれば、ダリオ・アルジェントの映画『トラウマ―鮮血の叫び』(邦題)を〈ベースに書かれている〉と言うことであるが、それは着想を『トラウマ―鮮血の叫び』から得たということであり、小説は映画の単純なリメイクではない。映画『トラウマ―鮮血の叫び』は、出産時の医療事故で子供を失った母親のトラウマを描いたホラーであるのに対して、『彼女について』は、母親に殺された娘の霊魂に刻みこまれたトラウマがより大きなテーマになっている。

読者には『彼女について』という表題も、一見内容にそぐわない印象を与えるかも知れない。しかし、単純な推測が許されるとすれば、「彼女」とは先ずダリオ・アルジェントの主人公オーラのことであり、また同時に『彼女について』の主人公由美子のことでもあると理解される。その上で更に深読みを重ねるならば、吉本はそれを敢えて「彼女」と三人称化することによって、親によって心に傷を受けた子供一般の問題と向き合おうとしたのだと思われる。命を与えた者によって命を脅かされ、またそれを奪われた子供のトラウマはどのように取り除くことができるのか。それが筆者の前にある大きな創作動機であったことは作品そのものが明確に物語っているように思われる。

作品の中で主人公由美子は、

〈私ほど大きく壊れた人もなかなかいないと思うけれど、だめになった家の人たちはみんな多かれ少なかれ、昔抱いた愛情にまつわる夢が全部まぼろしだったことに、いちばんの衝撃を受けるんだろうな〉と語る。

親、特に母親は子を産むことを通して、子供の生命や存在の絶対的な肯定者であるべき存在である。人はこの存在肯定を背後に感じながら、未知の世界を受け入れてゆく。生きることに意味があるのかないのか、という我々の陥りがちな懐疑から人を救うものは、愛された記憶に他ならない。母の子に対する無条件の肯定は、存在するものや、自分が生み出したものを肯定する力のモデルであり、源泉でもある。だから、この人生肯定のモデルと源泉が〈まぼろし〉のように消えた時、人は人生を肯定する原動力を失ってしまうのである。そういう迷いの中で、ついに母親に斬り殺された由美子の魂は、帰る場所も行く場所も分からぬままさまよっていた。

そのことに気付いていた叔母の敦子は、自分の死期を悟ったとき、死後の僅かな期間だけ可能な魔女の秘法を用いて、由美子と幼なじみでもあった息子の昇一の夢が作り出す世界の中に由美子の魂を招き寄せ、由美子のトラウマを解放しようとするのである。トラウマは人の心の奥深くに潜んで張り付き、迷いから迷いへと人を駆り立ててゆく。トラウマを取り除くために、人は心の傷を一度はっきりと見据える必要がある。吉本はそれをこの小説でファンタジックに描いて見せたのである。

失意、無気力、自暴自棄、短絡的思考、刹那性、こうした感情や思考、性質は自己を他者との真剣な関係性の中に置き入れることを妨害する。これらは空間的広がりと時間的広がりの中に、自己を積極的に創造してゆこうとする力を見失わせる。由美子のようにさまよえる魂となってしまうと、まだ現実に生きている人間でも、もう明日のことを考えることができない。刹那的に生きる人間も、失意の底にある人間も、自分を全く無くしてしまうわけではないが、その時人は誰とも繋がっていない自分の声しか聞こえず、常に自分の感覚に振り回されるのである。人はこうした状態の時、魂の裸形に連れ戻されるが、魂はその衣服を剥がれるやただ彷まようだけの意識となるのである。

死後の世界をさまよう由美子の魂は、そうした裸形の意識の象徴であるように私には感じられた。無気力に刹那性を生きる多くの人間は、由美子の精神的彷徨と決して無縁ではあるまい。愛されたことがないという恐るべき不安は、人間の自己形成を破壊する。由美子は突然母に殺され、全く自己を肯定する道筋を絶たれてしまう。由美子は存在の絶対的肯定者によって、人生を肯定する道を断たれたのである。由美子は、母による殺害という極めて稀な出来事によってこの道を断たれた。だが、長年に亘って繰り返される対話の失敗によって〈愛情にまつわる夢〉が掻き消されるということはもっと多い。そして、いったんこの〈愛情にまつわる夢〉が見失われるや、それを取り戻すことは非常に困難なのである。

生命の誕生は喜びと愛情によって迎えられるという定式は、しばしば覆されている。動物に備わっている母親の本能さえ欠けていて、出産と育児放棄を繰り返す母さえ現実を存在する。母の愛は海よりも深いと言われるが、稀に母親の感情が芽生えないという事が起きる。最も確実であるはずの事も、人間的事象においては単純に推し量れない。あってはならない事が、この世界ではたびたび起こるのであり、そうした条理の詳らかではない事態においては、人はもはや感情的思考によってそれを克服する事は不可能である。愛されなかった自己を乗り越える感情は自分の中には存在しない。不幸の感情は不幸を乗り越える事ができない。傷ついた心は、心の傷を癒す力を備えていない。心の中の空洞を埋める材料は、空洞になった心の中にはない。それは、自分の外に求めなければならず、心はどうしても一度自分の心から離れて、自分の心の同心円よりももっと広い円を描きながら自身の周りを廻り、己の絶望や悲しみの形をはっきりと捉え直す事が必要なのである。

吉本はそうした心理学的解剖をファンタジーによって描いた。さまよえる魂となった由美子に差し伸べられた手は、由美子を導いて彼女が生きたあるがままの事実を辿らせようとする。どれもこれも救いようのない事実ばかりだが、彼女は自分が全く孤独だった訳ではなく、彼女を思う人々の未熟さや無力さ故に彼女を惨劇から救い得なかったのだという事を理解する。彼女を殺した母親もまた自分自身の出自の暗い影と、その未熟さ故に己を見失ったのであり、一方由美子を救おうとしている叔母が実は母の兇行の遠因であった事も知る。こうして、一旦自分という狭い視点を離れるや、自身の悲しみや不幸が、母親自身の不幸や悲しみによって作りだされ、なおかつそれら不幸の周りには、多くの人々の愛情や思いやりさえ隠されていたことを発見するのである。

私たちは人間のあるべき姿に照らして、自身の幸不幸を計ろうとする。由美子は幼い頃優しい叔母に愛されて暮らす昇一を羨んでいた。そんな風に人は誰でも、はじめは自分に与えられた幸運の多寡によってのみ幸福を計る。幸福とは与えられた状況であって、不幸は一種の不運として人間に突きつけられる。人間がただ植物のように与えられた栄養によってのみ生きるのであれば、人はこの理不尽な天の配剤に従うしかない。しかし、人間はただ与えられたものに一喜一憂するだけの存在ではない。人には自分自身を乗り越えるという不可思議な能力がある。知る事は決して状況を変えないが、知る事で人は理不尽な天の配剤から自由になる事ができる。『彼女について』が、そうした狭い意味での知の可能性だけを描き出しているとはもちろん言えまい。だが、それでも私たちがたびたび迷い込む深い喪失感から抜け出すためには、自己の記憶よりもっと大きな知解の次元に自らを置き換えることがどうして必要なのだということを、この作品は教えているように思える。その意味で、『彼女について』は吉本ばななの作品の中でも極めて哲学的で冒険的な作品だという事ができる。

（日本大学芸術学部教授）

『どんぐり姉妹』――二人であることの夢と現――小林一郎

「どんぐり姉妹」は「新潮」二〇一〇年八月号に掲載ののち、同年十一月、新潮社から単行本として刊行された。『どんぐり姉妹』には鈴木親の写真が観音開きの別紙にカラー印刷で、計三丁（本文二十四ページに相当）挿入されている。装幀は『アルゼンチンババア』を仕掛けに満ちた本に仕上げた中島英樹だが、四六判・ジャケット装の本書は、鈴木撮影の写真ページを除けば、典型的な文芸書の体裁になっている。この『どんぐり姉妹』という奇妙な題名は、いま三十二歳と三十歳の実の姉妹、吉崎どん子と吉崎ぐり子のユニット名である。

〈私の名前はぐり子。姉の名前はどん子と言う。／とんでもない名前だと思うでしょう、私もそう思います。／ぐり子もちろんすごいけれど、どん子に至ってはマイナス的ですらある。しかも私たちは別に双子じゃないのに、先に生まれた姉に妹ができるのを見越してどん子とつけてしまったのだ。／そのへんでもう、両親の無邪気さや夢見がちなところや、変人ぶりがわかると思う。〉

どん子とぐり子姉妹の命名の由来だが、これが小説の冒頭というわけではない。冒頭はどんぐり姉妹のwebサイトのトップ・ページに記されている文面からの引用だ。いわく、どんぐり姉妹は〈このサイトの中にしか存在しない姉妹です。〉〈私たちにいつでもメールをください。〉〈時間はかかっても、お返事をします。〉――小さいながらも核となる、小説『どんぐり姉妹』を予告する導入部である。

「私」＝ぐり子は十歳のとき交通事故で両親を一度に失い、姉とともに父方の静岡のおじに引き取られる。おじの死後は、おばの再婚を機にそこを出て、医者に嫁いだおば（母と折り合いの悪かった妹）に今度は引き取られる。どん子が高校生、ぐり子が中学生のときである。だが、姉はそのおばを嫌って家出し、妹はストレスから腎臓を病んで引きこもりになる。その後、おばの家を出た姉妹は、気難しい祖父（父の父）の養女となり、その世話をしながらともに苦しい時間を生きてきた。祖父の没後は、そのままそのマンションでどん子はライター、ぐり子は家事担当で、とくに不自由を感じるでもなく「どんぐり姉妹」として見ず知らずの人とメールのやりとりをして日々を送っている。仕事ではなくボランティア。この仕組みの上に姉妹の平安は存続している。

十年ぶりの二人だけの旅行で箱根に泊まった夜、ユニット結成の際のやりとりで言及されるのが、藤子不二雄だ。〈「つまり藤子不二雄ね。」／私は言った。／「私がFよ。」／姉は言った。／「いやだ、私がFよ。喪黒福造とか魔太郎とか、私の心にはいない人たちだから、考えられないもん。あ、怪物くんのことは考えることができるな。怪物くん、かっこいいもん。」／そう言ったあと、私はてきとうに言った。／「お姉ちゃん、ゴルフできるじゃん、絶対Aだよ。」／姉から返事が返ってこなかったので、見てみたら、天井を見ながら、／「そうかも。」／と言った。／どうしてこのポイントで納得して「そうかも」と言えるのかなあ、と思った。／こんなに近いのに、姉のことはまだまだよくわからないのだった。〉――『オバケのQ太郎』で知られる藤子不二雄は漫画家コンビ藤本弘と安孫子素雄のペンネームである。ここは『笑ゥせぇるすまん』『魔太郎がくる!!』『怪物くん』『プロゴルファー猿』の方の作家（A）ではなく、『ドラえもん』の方の作家（F）を姉妹が取り合うという構図だが、最も身近な相手こそ最も理解できない存在だという認識を読み取るべき箇所だ。

『どんぐり姉妹』ではいくつかの二人組が言及されている。ユニット名がらみで登場する叶姉妹（叶恭子と叶美香という実の姉妹ではないユニット）と大森兄弟（小説執筆のための、看護師の兄と会社員の弟のユニット）は単なるネーミングのヒントにすぎないが、本篇が雑誌に発表された時点でテレビ放映されていた『仮面ライダーW』の「二人の仮面ライダーが同時に変身ベルトを装着することで一人のライダーへと変身しつつも、精神媒介で意思疎通する」という設定は重要である。いったいよしもとの小説にはちょっとした寄り道のようでいて、小説の構造に関わる重要な作品名がさりげなく書き込まれることがよくある。巻末近くでこの特撮テレビドラマ作品を挙げて想わず本音を漏らした作者は、照れくさくなったのか、ここではよしもと自身の小説『チエちゃんと私』（07）の「チエちゃん」と「ぐり子」の類縁を指摘しないではいられない。『どんぐり姉妹』も『チエちゃんと私』もともに、血縁の女性二人を通して対照的な生を描いた物語という点で、連作とも見なせる。

どん子には付き合いはじめて間もない恋人がいる。母親は韓国人だ。ぐり子は松平麦くんという中学時代の同級生が夢に出てきて、気が狂いそうなくらい切なくなる。自分も小さいころアトピーだったが、海に行ったらすっかり治ったから、ぐりも海に行ったらいいと勧められる。それは実現しなかったが、〈あのときの麦くんは、私にとって、男性でも女性でもない、なにか天使的なものとして存在していたんだ、そんなふうに思う。〉

事故で夫を失った女性からのメールにどん子が書いた親身な、しかしなにげない返事を読んだぐり子は、今度は麦くんが死んだ夢を見る。不安に駆られて同級生だったみゆきにメールで問い合わせると、はたせるかな麦くんはバイク事故で半年前に亡くなっていた。韓国旅行に出かける姉と恋人を羽田空港に見送ったあと、ぐり子は麦くんの冥福を祈りに、住まいのあった逗子マリーナ（川端康成が自殺したマンションでもある）を訪ねる。

〈港が近くなると風景がごちゃごちゃしてくるのはどこの町でも同じだ、むしょうにそれが見たかった。／向こうから女性が歩いてくるのが見えた。駐車場に向かっていくのだろうと思った。逗子マリーナの職員さん以外ほとんどだれも歩いていない午後早い時間、冷たい風がぴゅうぴゅう吹いている道。／その、老年にさしかかろうとしている中年女性を私は確かに見たことがあった。でも、なにかが違う、彼女がもう少し若い頃の姿を、確かに最近見たんだけれど、有名人かな、と思って一生懸命考えた。／そしてわかったとき、ぞうっとした。〉

それは夢の中で会った麦くんの母親だった。むろん実際に会ったことはない。携えてきたガーベラの花束を手渡すと、服喪の道行は終わった。二日後、姉が韓国から帰国した。疲れ切ったどん子はその晩、ぐり子に読み聞かせを頼む。〈私は本棚から姉の好きな絵本を手にとって声を出して読みはじめた〉その絵本は巻末の注記によれば、あだちなみ・絵、あいはらひろゆき・文『くまのがっこう　ジャッキーのじてんしゃりょこう』（ブロンズ新社、03）である。おてんばジャッキーは、じてんしゃにのってでかけたうみでおぼれてしまいます。たすけてくれたしろくまのデイビッドとなかよくなったけれど、デイビッドはほっきょくにかえりました。デイビッドとほっきょくでスケートするゆめをみていたジャッキーは、かなしいきもちになりました。目瞑る姉にも見えただろう真っ赤な夕焼けに癒されるジャッキーの物語は、妹に安堵の涙を流させ、姉に沖縄旅行を発案させる。

姉妹は十二月半ばの沖縄を訪れる。緑の中で、どん子はすべてが夢だったのではないかとぐり子に言う。〈姉は顔をあげて、空を見て、大きく息を吸い込んだ。／「どうする？　みんな夢だったら。ほんとうは私たち、お父さんとお母さんといっしょに事故にあってみんな死んじゃってて、まだ生きてる夢を見てるんだとしたら。この空も今日買った焼き物もなにもかも夢だったとしたら。」／「このあいだ読んだ小説みたい。」〉大嶺實清と山田真萬（ここにも二人組がいた）という実在の陶芸家の作品も含めて、全部が夢かもしれないという感慨は、怖ろしくもまた切ない。だからこそ「私」は、ここで初めて笑う。そのとき〈このあいだ読んだ小説〉がなにかは（よしもとばななの『どんぐり姉妹』ではないか）読者の想像に委ねられることになる。

（日本文学研究者）

よしもとばなな　主要参考文献

恒川茂樹

凡例

1　本目録は、「単行本」「単行本収録文献」「雑誌特集」「論文・評論」は高根沢紀子「吉本ばなな参考文献目録（1987・11〜2000・12）」（「作新国文」01・3）につけ加える形で、それ以外の項目については、あとを受ける形をとった。よって「単行本」「単行本収録文献」「雑誌特集」「論文・評論」は1987年11月から、「書評・解説・その他」「対談」「インタビュー」は2001年1月以降の文献を対象とした。

2　分類は、「単行本」「単行本収録文献」「雑誌特集」「論文・評論」「書評・解説・その他」「対談」「インタビュー」とし、各項目はそれぞれの発表年月順に配した。

3　文献はできる限り初出時点で捉え、のちに単行本におさめられたものは「↓」で表記した。

4　紙幅の都合で単行本・文庫本解説等は省略せざるを得なかった。その他、遺漏・誤謬等についてはご教授願いたい。

単行本

同志社高校「現代国語」講座生『吉本ばなな「ムーン・ライト・シャドー《ママ》」を読む』（どらねこ工房、89・11）

三井貴之・鷲田小弥太『吉本ばなな神話』（青弓社、89・12）

松岡祥男『アジアの終焉　吉本隆明と吉本ばななのあいだ』（大和書房、90・1）

古橋信孝『吉本ばななと俵万智』（筑摩書房、90・3）

八木方子『ばななは自然食品　楽園国家崩壊中の心理学　二十世紀末吉本ばななが象したもの』（八木方子、90・10）

大塚英志『物語治療論—少女はなぜ「カツ丼」を抱いて走るのか』（講談社、91・4）

松本孝幸『吉本ばなな論　「フツー」という無意識』（JICC出版局、91・7）

——『B級BANANA 吉本ばなな読本』（ベネッセコーポレーション、95・4）

木股知史編著『吉本ばなな　イエローページ　作品別（1987〜1999）』（荒地出版社、99・7）

松田良一『山田詠美　愛の世界―マンガ・恋愛・吉本ばなな』（東京書籍、99・11）
――『本日の、吉本ばなな。』（新潮社、01・7）
近藤裕子『臨床文学論　川端康成から吉本ばななまで』（彩流社、03・2）
渡辺佳明『シンクロする直感　よしもとばなな『アムリタ』の意味するもの』（文芸社、05・5）

単行本収録文献

高橋源一郎「『たけしくん』のゲーム」（『文学がこんなにわかっていいかしら』福武書店、89・4）
郷原　宏「第⑤講　台所が好きな女の子の奇妙な物語」（『「現代国語」解読講座』有斐閣、89・4）
松沢正博「第3章　時代の感性を揺らす。吉本ばなな」（『ハルキ・バナナ・ゲンイチロー―時代の感受性を揺らす三つのシグナル』青弓社、89・9）
小島千加子「そして誰もいなくなった―聖子、明菜ばななのテイクオフ」（『風を野に追うなかれ』講談社、89・11）
加藤典洋「風景の影　Ⅱポンペイの透明人間」（『日本風景論』講談社、90・1）
鎌田東二「Ⅲ　異界の変容　家族の肖像・キッチン吉本ばななの世界」（『〈ノマド叢書〉老いと死のフォークロア―翁童論Ⅱ』新曜社、90・3）
川崎賢子「好き？　好き！　好き⁉　吉本ばなな的少女の気象」（『少女日和』青弓社、90・4）
大塚英志「吉本ばななと〈みなしご〉の寓話」（『〈ノマド叢書〉子供流離譚　さよなら〈コドモ〉たち』新曜社、90・8）
黒古一男「9　ハルキ・バナナ現象と現代―華やかな社会状況と裏腹な文学の困難の中で」（『村上春樹と同時代の文学』河合出版、90・10）
小笠原賢二「口語時代の文学表現―吉本ばななと村上春樹に見る『現在』」（『〈五柳叢書〉文学的孤児たちの行方』五柳書房、90・10）
藤田昌司「第1章　若き日々の光と影〝いくつかの、その期間に読んだものとか、見たものを複合して小説をつくっているという感じがします〟吉本ばなな」（『作家に聞いたちょっといい話―志賀直哉から吉本ばなな101人』素朴社、90・11）
黒澤亜里子「夢のキッチン　吉本ばなな論」（『NEW FEMINISM REVIEW VOL.1〈恋愛テクノロジー〉』学陽書房、90・12）
川西政明「第六章　春樹、龍、ばななからはじまる―二十一世紀に向けて」（『〈講談社学術文庫 1270〉「死霊」

から「キッチン」へ　日本文学の戦後50年』講談社、95・9）
近藤裕子「吉本ばなな」（榎本正樹・近藤裕子・宮内淳子・与那覇恵子編『大江からばななまで　現代文学案内』日外アソシエーツ、97・4）
イアン・ブルマ「吉本ばなな　桃色の夢」（『イアン・ブルマの日本探訪―村上春樹からヒロシマまで』TBSブリタニカ、98・12）
小林幸夫「『TUGUMI』論◎荒ぶる神の物語」（田中実・須貝千里編『〈新しい作品論〉へ、〈新しい教材論〉へ6』右文書院、99・7）
髙木まさき「「『TUGUMI』の読み手」を読む」（同右）
近藤裕子「吉本ばなな」（浅井清他編『新研究資料現代日本文学第二巻　小説Ⅱ』明治書院、00・1）
伊川龍郎「イメージの中の道草―ピーターパン・スノーマン・村上春樹『ダンス・ダンス・ダンス』『国境の南、太陽の西』、吉本ばなな『新婚さん』」（『休日の村上春樹　コアにさわる』ボーダーインク、00・5）
吉本隆明・大塚英志「第二章　精神的エイズの世紀　ジャパニメーションと吉本ばなな」（『だいたいで、いいじゃない。』文芸春秋、00・7）
原　善「〈石井睦美『五月の初め、日曜日の朝』〉morningのmourning―吉本ばなな『ムーンライト・シャドウ』と比較して―」（田中実・須貝千里編『〈文学の力×教材の力〉小学五年生編』教育出版、01・3）
斎藤美奈子「吉本ばなな―少女カルチャーの水脈」（『文壇アイドル論』岩波書店、02・6）
近藤裕子「淋しい身体、浮遊する台所―吉本ばなな「キッチン」論」（『臨床文学論　川端康成から吉本ばななまで』彩流社、03・2）
近藤裕子「ふと気づく〝わたし〟―吉本ばななの時間・身体・言葉」（同右）
加藤典洋「5　よしもとばななと一九九五年の骨折（なぜ小説はお猿の電車を選ぶのか―吉本ばなな『アムリタ』）」（『小説の未来』朝日新聞社、04・1）
大塚英志「吉本ばななと記号的な日本語による小説の可能性」（『サブカルチャー文学論』朝日新聞社、04・2）
北條文緒「バナナの味はどこに？―吉本ばなな『キッチン』」（『翻訳と異文化　原作との〈ずれ〉が語るもの』みすず書房、04・3）
奥村英司「喪失と再生―吉本ばなな「ムーンライト・シャドウ」における古代性」（『物語の古代学　内在する文学史』風間書房、04・9）
中山眞彦「物語とロマン―吉本ばなな『キッチン』産声

で始まる物語」（『小説の面白さと言語　日本現代小説とそのフランス語訳を手掛かりに』新曜社、04・12）

清水良典「小説はこうした―詩はどうした　吉本ばなな以後の小説の変容」（「ポエムの虎」実行委員会編『ポエムの虎　2003秋吉台現代詩セミナー』海鳥社、04・12）

大塚英志「村上春樹と吉本ばなな―「おたく」だけがあっさりと汎世界性を手にした皮肉」（『村上春樹論　サブカルチャーと倫理』若草書房、06・7）

黒古一夫「「玩物喪志」の時代―吉本ばななの文学を手掛かりに」（『魂の救済を求めて　文学と宗教との共振』佼成出版社、06・11）

河津聖恵「折り返しとしてのエロス―吉本ばなな『体は全部知っている』」（『ルリアンス　他者と共にある詩』思潮社、07・6）

長嶋　有「吉本ばなな「キッチン」のジューサー」（『電化製品列伝』講談社、08・10）

石原千秋「少女の文体と新しい性の形―吉本ばなな『キッチン』」（『名作の書き出し　漱石から春樹まで』光文社、09・9）

雑誌特集

「特集　吉本ばなな」（「イミタチオ」90・2）

「特集　吉本ばななの世界」（「季刊フェミナ」91・1）

「特集・吉本ばなな」（「国文学」94・2）

「特集・世界の吉本ばなな」（「海燕」94・2）

「「吉本ばなな」を演出する。ばななは、お好き?」（「季刊　リテール」95・6）

「特集　よしもとばなな「デッドエンドの思い出」」（「本の話」03・8）

「よしもとばなな『どんぐり姉妹』刊行記念特集」（「波」10・12）

論文・評論

竹田青嗣・日野啓三・川村二郎「創作合評―147―「満月―キッチン2」吉本ばなな、「海の彼方の空遠く」米谷ふみ子、「そうかもしれない」耕治人」（「群像」88、3）

江種満子「台所《キッチン》と文学研究と」（「日本近代文学」88・5）

蒲生ゆかり「キッチンから見える風景　吉本ばなな「キッチン」「満月―キッチン2」について」（「北方文学」88・11）

小林広一「問題は〈参〉に始まる―昔話と村上春樹・吉本ばなな・青野聰」（「早稲田文学」89・4）

上条晴史「美味いか、不味いか、薄いスープ―村上春

樹・小林恭二・吉本ばなな・山田詠美・島田雅彦について」（「新日本文学」89・4）
中野孝次・菅野昭正・坂上 弘「創作合評―161―「鬼の木」増田みず子、「さして重要でない1日」伊井直行、「夜と夜の旅人」吉本ばなな」（「群像」89・5）
加藤典洋「日本風景論（6）風景の影 Ⅱポンペイの透明人間」（「群像」89・6→『日本風景論』講談社、90・1）
鎌田東二「家族の肖像・キッチン」（「週刊読書人」89・6・5→『〈ノマド選書〉老いと死のフォークロア―翁童論Ⅱ』新曜社、90・3）
浅川佐和子「透明な孤独「吉本ばなな」を読む」（「朝日ジャーナル」89・6・30）
村上 龍「〈ブームを語る〉吉本ばななに資質を感ずる村上龍―闇と死にふれる独自のコスミック感覚」（「朝日ジャーナル」89・7・5）
藤田昌司「〝吉本ばなな現象〟を解く」（「知識」89・7）
小島千加子「聖子・明菜・ばななにみる80年代女の子たちの恋愛幻想」（「月刊Asahi」89・9→「そして誰もいなくなった―聖子、明菜、ばななのテイクオフ」『風を野に追うなかれ』講談社、89・11）
大塚英志「カツ丼を抱いて走る少女」（「すばる」89・11→『物語治療論―少女はなぜ「カツ丼」を抱いて走るのか』講談社、91・4）
古橋信孝「俵万智と吉本ばなな」（「国語通信」89・9→『俵万智と吉本ばなな』筑摩書房、90・3）
大塚英志「吉本ばななと〈みなしご〉の寓話」（「市政」89・10→『〈ノマド選書〉子供流離譚 さよなら〈コドモ〉たち』新曜社、90・8）
マーク・ピーターセン「〈世界の中の日本文学90〉吉本ばなな―キッチンでつかまえて」（「新潮」90・1）
新船海三郎「吉本ばななと「ばなな現象」」（「民主文学」90・2）
高橋源一郎「〈特集「いま、リアルということ」〉幽霊の正しい描き方」（「群像」90・3）
藤田昌司「●〝ブーム〟の内幕 空白の世代の擬制の孤独 吉本ばなな〝ブーム〟の終焉!?」（「創」90・3）
根岸裕子「夢の食欲 居食する身体―吉本ばなな『キッチン』試論（上）―」（「蟹行」90・5）
斉藤金司「吉本ばなな『キッチン』を読む」（「主潮」90・5）
鷲田小彌太「吉本ばななの主題は死〈大衆小説の世界〉」

（「潮」90・5）
今野佳代「吉本ばななの世界」（「野火」90・6）
高橋清隆「『TUGUMI』論」（「静岡近代文学」90・8）
青海　健「紋切型と死と―吉本ばなな論のために」（「群像」90・11）
宮川健郎「「キッチン」・吉本ばなな―オルペウスたちのカツ丼」（「国文学」91・1）
宇佐見毅「〈文学〉メディアは生き残れるか」（「中央大学国文」91・3）
曾根博義「吉本ばななさんへの手紙」（「解釈と鑑賞」91・4）
金井淑子「フェミニズムの眼で〝ばなな現象〟を読めば」（「〈解釈と鑑賞別冊〉女性作家の新流」91・5）
鎌田東二「「あとがき」と「なつかしさ」―吉本ばななの世界感覚」（「国文学　解釈と鑑賞」91・5）
石原千秋「性別とある場所」（「〈解釈と鑑賞別冊〉女性作家の新流」91・5）
藤本由香里「熱いお茶の記憶―「日常性の思想」と吉本ばなな」（「〈解釈と鑑賞別冊〉女性作家の新流」91・5）
藤波弘之「吉本ばなな〝漫画世代〟の純文学」（「〈解釈と鑑賞別冊〉女性作家の新流」91・5）
楠見　清「全五感イメージとしての〈女流文学〉」（「〈解釈と鑑賞別冊〉女性作家の新流」91・5）
大久保てるみ「『キッチン』から『白河夜船』へ」（「〈解釈と鑑賞別冊〉女性作家の新流」91・5）
古賀裕子「吉本ばななの恋愛観」（「〈解釈と鑑賞別冊〉女性作家の新流」91・5）
谷口明子「How to enjoy　吉本ばなな」（「〈解釈と鑑賞別冊〉女性作家の新流」91・5）
近藤裕子「セーラー服の弟」（「昭和文学研究」91・7）
川崎賢子・加藤典洋「空っぽの力」（「思想の科学」91・10）
山本哲也「父親という風景」―〈不在〉の変容」（「敍説」92・1）
花田俊典「口語・定型・フェティシズム―吉本ばななの小さな蘇生の物語」（同右）
加藤典洋「ことばのリズムに耳をすませる―『うん。』のリズム　吉本ばなな」（「思想の科学」92・4）
鷲田小彌太「〈フェミニズム、女性空間の現在〉吉本ばなな……作品の主人公が窓にもたれているよ」（「国文学」92・4）
吉本隆明「吉本ばななをめぐって」（「海燕」93・5）
小山鉄郎「イタリアの吉本ばなな」（「文学界」93・8）
蓮実重彦・渡部直己「羞いのセクシュアリティ―松

浦理英子・笙野頼子・多和田葉子、そして吉本ばなな」（「文芸」93・11）

青山　南「英語になったニッポン小説1—吉本ばななの『キッチン』上」（「すばる」94・1）

青山　南「英語になったニッポン小説2—吉本ばななの『キッチン』下」（「すばる」94・2）

山崎眞紀子「吉本ばなな作品年譜・書策目録」（「海燕」94・2→『B級BANANA　吉本ばなな読本』ベネッセコーポレーション、95・4）

山崎眞紀子「吉本ばなな『キッチン』『満月』論—えり子さんの死」（「文研論集」94・3）

野村昭子「吉本ばなな『キッチン』序論—「食べる」ことの意味を中心に—」（「芸術至上主義文芸」94・11）

布施英利「〈脳の中のブンガク1〉吉本ばななの「海」」（「すばる」95・6）

中村弘美「吉本ばななの『ムーンライト・シャドウ』研究」（「九州大谷国文」96・7）

山田有策「〈現代作家のキーワード〉超能力＝吉本ばなな」（「国文学」96・8）

山田吉郎「吉本ばななの『キッチン』論—生への回復への通路—」（「山梨英和短期大学紀要」96・12）

髙根沢紀子「吉本ばなな「ムーンライト・シャドウ」論—さつきの〈感傷〉／ばななの〈感傷〉—」（「作新国文」98・1）

木股知史「台所の戦士—吉本ばなな「キッチン」論」（「宇部国文研究」98・3）

木股知史「吉本ばなな『哀しい予感』論—失われた記憶の物語」（「甲南大学紀要　文学編」98・3）

小田祐美「吉本ばななの世界—感覚としての言葉」（「国語の研究」98・10）

キーン・エトロ「キーン・エトロの吉本ばなな論」（「マリ・クレール」99・9）

平澤信一「吉本ばななと宮沢賢治—夢見る力をめぐって—」（「江古田文学」00・10）

藤澤秀幸「不倫—吉本ばなな『不倫と南米』」（「国文学」01・2）

山崎眞紀子「研究動向　吉本ばなな」（「昭和文学研究」01・3）

泉由香里「吉本ばなな作品における自己救済のあり方—多重人格的心性を通して」（「日本語文化研究」01・12）

古谷鏡子「現代の明るさとはなにか—吉本ばななを読む」（「新日本文学」01・12）

大澤吉博「現代日本社会の男言葉・女言葉—吉本ばなな『キッチン』、『TUGUMI』を論じて」（「外国語研究紀要」01）

岡田　豊「吉本ばなな「夜と夜の旅人」試論―〈夜の三部作〉論のためのノート」（「駒澤大学文学部研究紀要」02・3）

奥村英司「向こう側の七夕―吉本ばなな『ムーンライト・シャドウ』における古代性」（「鶴見大学紀要第1部、国語・国文学編」02・3）

尾形亜紀「吉本ばなな論―白河夜船を巡って」（「椙山国文学」02・3）

黒古一夫「現代文学と〈救い〉（7）「癒し教」に焦がれる若者たち―吉本ばななの文学は「救済」を可能にするか?」（「大法輪」02・6）

笹川洋子「吉本ばなな『キッチン』における言語行為について―統合されるジェンダー」（「親和国文」02・12）

李　銀炯「吉本ばなな論―感覚表現を中心に」（「広島大学大学院教育学研究科紀要」03・3）

平井修成「吉本ばなな『TUGUMI』論―リアリティ維持のメカニズムと反近代の主題」（「常葉学園短期大学紀要」02）

李　銀炯「よしもとばななと申京淑における聴覚表現―『白河夜船』と『鳥よ鳥よ』を中心に」（「広島大学大学院教育学研究科紀要」04・3）

宮川健郎「えり子さん―吉本ばなな「キッチン」」（「敍説・2」03・1）

岡田　豊「吉本ばなな「白河夜船」「ある体験」試論―〈夜の三部作〉論のためのノート（2）」（「駒澤大学文学部研究紀要」03・3）

木股知史「よしもとばななと〈食〉―ひとりのキッチン」（「国文学」03・7）

加藤典洋「現代小説論講義（26）吉本ばなな『アムリタ』（前編）」（「一冊の本」03・8）

加藤典洋「現代小説論講義（27）吉本ばなな『アムリタ』（中編）」（「一冊の本」03・9）

加藤典洋「現代小説論講義（28）吉本ばなな『アムリタ』（後編）」（「一冊の本」03・10）

虫明美喜「留学生の目で見た吉本ばなな―『キッチン』の読解教材としての可能性」（「東北大学留学生センター紀要」03）

李　銀炯「よしもとばななと申京淑における感覚表現の比較研究―『哀しい予感』と『汽車は7時に去る』を中心に」（「広島大学大学院教育学研究科紀要」05・3）

李　銀炯「よしもとばななと申京淑における感覚表現の比較研究―「食」の表現を中心に」（「芸術研究」04）

渡邊佳明「心情の〈軽さ〉と〈重さ〉の共存―吉本ば

ななな作品にみる青年心理（1）」（「学苑」04・2）
具志堅新「吉本ばなな『キッチン』の研究」（「沖縄国際大学語文と教育の研究」04・3）
松田良一「吉本ばなな作品の構造—ホラー映画とマンガとの相関」（「椙山国文学」04・3）
塩田勉「吉本ばなな「キッチン」と時代—万象が交換可能であるという感性の文学化」（「Waseda global forum」05）
竹内唯・奥忍「吉本ばななのサウンドスケープ—オノマトペを中心に」（「岡山大学教育実践総合センター紀要」05）
陳瑞紅「日本語と中国語の敬語表現—吉本ばななの作品とその翻訳を題材に」（「人間文化研究科年報」06・3）
太田垣聡子「吉本ばなな『N・P』の英語・イタリア語訳比較」（「東京工芸大学工学部紀要」05）
渡邊佳明「「欠落及び喪失」としての「透明な悲しみ」—よしもとばなな作品にみる青年心理（2）」（「学苑」05・2）
岡田豊「吉本ばなな『キッチン』『満月』への一視点—多様な性、揺らぐ関係」（「駒澤国文」05・2）
諸星典子「よしもとばなな『High and dry（はつ恋）』雑感」（「白百合児童文化」05・3）
布村育子「小説・ドラマに描かれた十代（19）少女の「死」と新しい「生」—吉本ばなな『TUGUMI つぐみ』」（「青少年問題」05・11）
深江真梨子「吉本ばななを追う—作品変化と読者層について」（「筑紫語文」05・11）
吉野香織「吉本ばなな個人書誌」（「文献探索」06）
渡邊佳明「「均等感の孤独」と「恋の手前感情」—よしもとばなな作品にみる青年心理（3）」（「学苑」06・2）
田中理恵子「吉本ばななの文体研究（1）「キッチン」と「満月」のテクストを中心とした語彙の特性」（「上越教育大学国語研究」06・2）
趙会軍「吉本ばなながが描いた「死」について」（「桜美林世界文学」06・3）
小倉智史「教材研究・よしもとばなな『みどりの指』—一人称視点「私」からの描写の整理」（「宇大国語論究」06・3）
後藤繁雄「美食文体論（7）おいしいという力と文章—よしもとばなな（上）」（「インターコミュニケーション」06・春）
後藤繁雄「美食文体論（8）おいしさとよろこびと文体—よしもとばなな（下）」（「インターコミュニケーション」06・夏）

関井光男「家族戦争・人口問題と少子化老齢化の社会―吉本ばなな『キッチン』」（「国文学」06・5）
渡邊佳明「バーチャル・リアリティーの光景、「現実の虚構感」と「虚構の現実感」―よしもとばなな作品にみる青年心理（4）」（「学苑」07・2）
長尾直樹「監督・長尾直樹 原作・よしもとばなな アルゼンチンババア」（「シナリオ」07・4）
木村恵子「よしもとばななと私たちの20年」（「AERA」07・6・11）
加藤弘一「一九八〇年代と吉本ばなな」（「大航海」08）
三宮麻由子「文字の向こうに（第2回）「TUGUMI」=吉本ばななからの「スターティング・メッセージ」」（「文学界」08・2）
渡邊佳明「共時としての怒りの感情―よしもとばなな作品にみる青年心理（5）」（「学苑」08・2）
宇佐美毅「インターネット検索と大学教育―よしもとばなな『バブーシュカ』の事例から」（「学芸国語国文学」08・3）
宮内伸子「「自然の成り行き」と「空気」のドイツ語への訳され方―吉本ばななの『キッチン』の訳を手がかりに」（「ドイツ語文化圏研究」09）
渡邊佳明「共時的悲しみの噴出と石化―よしもとばなな作品にみる青年心理（6）」（「学苑」09・2）
種田和加子「吉本ばなな―霊の領域と日常と」（「解釈と鑑賞」09・2）
石原千秋「書き出しの美学（第12回）少女の文体と新しい性の形―吉本ばなな『キッチン』」（「本が好き！」09・4）
もちづきみつこ「吉本ばなな「みどりのゆび」について」（「静岡近代文学」09・12）
渡邊佳明「「まどろみ」を巡る共時的世界―よしもとばなな作品にみる青年心理（7）」（「学苑」10・2）
近藤正樹「暴力による死からの回復―吉本ばなな『キッチン』からみる死との向き合いを巡って」（「立命館大学人文科学研究所紀要」10・3）
村上靖彦「メタファーという治療装置―フォーカシング・フッサール・よしもとばなな」（「現代思想」10・5）

書評・解説・その他

光野　桃「体は全部知っている〝すべての生き物は死ぬまで生き抜く〟という真理の清冽さ」（「文芸春秋」00・12）
―「〈本〉ばななさんにうってつけな日『体は全部知っている』」（「新潮」00・12）

長薗安浩「『体は全部知っている』肉体が囁きかける「感覚」を取り戻そう　女性だけの特権にしておくのはつまらない」（「週刊朝日」00・12・8）

斎藤美奈子「彼らの反動―明るい退廃時代の表象アイドル論（1）」（「世界」01・1）

大野由美子「「ひな菊の人生」わかりあうということの意味が一層深化する」（「週刊読書人」01・1・12）

――「〈昨日と違う、今日のばなな〉新潮ムック『本日の、吉本ばなな。』（「波」01・7）

千石英世「「虹」　生命あることに驚く旅」（「読売新聞」02・2・9）

コリーヌ・カンタン「〈TEMPO　ブックス〉『虹』「企画もの」の持つ問題点」（「週刊新潮」02・6・20）

板東眞砂子「〈本〉「ふしぎの国のアリス」の世界『虹』」（「新潮」02・7）

――「〈Book〉『バナタイム』マガジンハウス　大失恋に始まり、妊娠で幕を閉じた！　激動の2年間を綴ったエッセイ！」（「Hanako」03・1）

――「〈サンデーらいぶらりぃ〉1冊の本　最後にくつろぐ場所は……　よしもとばなな・奈良美智『アルゼンチンババア』」（「サンデー毎日」03・1・19）

中島英樹・佐藤健「〈今月のこの本にひとめ惚れ　ひとめ惚れ大賞〉『アルゼンチンババア』」（「ダ・ヴィンチ」03・3）

荻原裕幸「ハゴロモ」（「朝日新聞」03・3・30）

後藤繁雄「〈Esky Books〉後藤繁雄のオマージュの読書術　『ハゴロモ』　かよいあうということ」（「エスクァイア日本版」03・4）

河合隼雄「〈ココロの止まり木　62回〉恋愛の今昔『ハゴロモ』の恋愛は円、プロコフィエフ「ロミオとジュリエット」の恋愛は直線」（「週刊朝日」03・7・11）

糸井重里「〈文春図書館　今週の3冊〉『デッドエンドの思い出』「おやじ」をひりひりさせ。」（「週刊文春」03・8・7）

角田光代「デッドエンドの思い出」（「読売新聞03・8・10）

香山リカ「〈現代ライブラリー〉『デッドエンドの思い出』　心を傷つけられた若者たちのさまざまな癒しの過程を描く」（「週刊現代」03・8・30）

榎本正樹「〈物語を探しに〉新刊小説 Review & Interview　18回『デッドエンドの思い出』　人生の袋小路の中で掴む「最高の幸せ」」（「小説現代」03・9）

鳥森路子「デッドエンドの思い出」（「毎日新聞」03・

9・7）

北嶋泰名　「〈カルチャー大学批評学部　ブック&コミック〉『デッドエンドの思い出』　幸せってどういう感じ？　つらく切ない人々が輝く一瞬を鮮やかに描いた」（「SPA!」03・9・16）

――「〈今月の「絶対はずさない！　プラチナ本」〉『デッドエンドの思い出』」（「ダ・ヴィンチ」03・10）

青木奈緒　「〈潮ライブラリー　今月の3冊〉『デッドエンドの思い出』」（「潮」03・10）

鈴木喜之　「人生相談のコーナーではありません　『よしもとばななドットコムシリーズ』」（「波」03・11）

川本三郎　「〈本〉確かな不在感　『デッドエンドの思い出』」（「新潮」03・11）

猪野　辰　「〈book addict〉エッセイと小説のはざま『デッドエンドの思い出』『日々の考え』」（「Switch」03・12）

深町眞理子　「「海のふた」美しさ凝縮した物語」（「読売新聞」04・7・18）

俵　万智　「〈文春図書館　今週の3冊〉『High and dry（はつ恋）』　14歳の少女の、奇蹟的な恋の行方」（「週刊文春」04・8・5）

鴻巣友季子　「〈週刊図書館〉『海のふた』　若い女性と少女と海の思索的な対話　見る人をとおして風景が描かれる「円熟」」（「週刊朝日」04・8・6）

東　直子　「「海のふた」、「High and dry（はつ恋）」シンプルな物語　すべてを幸福に生きるためのエネルギーに転換していく言葉のしなやかさに打たれる」（「週刊読書人」04・8・13）

加藤千恵　「〈味読・愛読　文学界図書室〉柔らかな光『High and dry（はつ恋）』」（「文学界」04・9）

芝崎友香　「〈本〉見ることによって世界と関係する『High and dry（はつ恋）』　14歳の女の子が20代後半の絵の先生「キュウくん」に恋をする物語」（「新潮」04・9）

栗田　亘　「なんくるない」（「朝日新聞」05・1・16）

生田紗代　「〈本〉「わからない」ことを前提に『なんくるない』　沖縄という土地に対する「行き場のない感謝の気持ち」に満ちた1冊」（「新潮」05・2）

――「〈ef culture BOOK〉『なんくるない』　いつの間にかしぼんだ心に新しい風が吹く　とっておきのおまじない」（「エフ」05・3）

――「〈恋愛小説の書き方と読み方〉人気作家の6作品を徹底的に解剖してみた　『幽霊の家』のしくみ」（「ダカーポ」05・5・4）

藤谷　治　「〈週刊図書館〉『王国　その3　ひみつの花園』　若い恋の自己中心さもまた愛おしい」（「週刊朝日」06・1・20）

小池昌代　「イルカ　なぜ、ひとは子を産むのか」（「朝日新聞」06・4・16）

蜂　飼耳　「生を見守るイルカ『イルカ』」（「群像」06・5）

普天間かおり　「〈文春図書館　今週の3冊〉『イルカ』まだ見ぬ魂との出会い　生命と調和の物語」（「週刊文春」06・5・18）

藤田香織　「〈BOOK&ENTERTAINMENT　藤田香織さんの〝今月のサプリ本〟〉『ベリーショーツ　54のスマイル短編』東京糸井重里事務所」（「Saita」07・2）

古川日出男　「〈BOOK〉その筋に訊く［面白い本は作家が知っている］　いっぱい欠けている人は、3人で〝1〟とかね。『チエちゃんと私』」（「PLAYBOY」07・5）

――「〈ポプラニュース〉女であることを引き受けて生きていく　内田春菊・よしもとばなな、初めての対談集『女ですもの』」（「プシコ」07・8）

――「〈TRINITY Book〉『High and dry（はつ恋）』ハートに輝きを鮮やかに切り取る心に染み込む美しい魂の物語」（「トリニティ」07・10）

松家仁之　「ふつうの女の子と小説家だましい『愛しの陽子さん yoshimotobanana.com 2006』」（「波」07・12）

栗田有起　「〈本〉美しさに耐える力『まぼろしハワイ』」（「新潮」07・12）

香山リカ　「〈現代ライブラリー〉『サウスポイント』自分、他人、そして世界への無条件の信頼に満ちあふれた〝よしもとワールド〟の心地よさ」（「週刊現代」08・5・31）

堀江敏幸　「〈私的読食録　16回〉冷えたみそ汁から『チエちゃんと私』　食べているところを見ていてくれる人が身近にいるかいないかで……」（「dancyu」08・7）

菅啓次郎　「〈本〉すべてをつなぎとめる特別な岬『サウスポイント』」（「新潮」08・8）

松永美穂　「まぼろしハワイ」（「読売新聞」08・11・4）

山崎眞紀子　「『彼女について』人間の根本を支える柱を描く　ますます筆に磨きがかかり痛いぐらいに伝わる」（「週刊読書人」09・1・16）

三浦雅士　「〈今週の本棚〉『彼女について』」（「毎日新聞」09・1・25）

しまおまほ「〈本〉カタチのないもの『彼女について』」（「新潮」09・2）

谷崎由依「〈文学界図書室〉この世界を信じるために『アナザー・ワールド　王国　その4』」（「文学界」10・8）

岳本野ばら「〈脳内BGM　8回〉ピート・シーガーで読む『アナザー・ワールド　王国　その4』」（「小説宝石」10・9）

古屋美登里「〈サンデーらいぶらりぃ　1冊の本〉ほのかに明るい場所『もしもし下北沢』」（「サンデー毎日」10・10・31）

藤谷　治「〈本〉街に人智を超えた美が……『もしもし下北沢』」（「新潮」10・12）

清水良典「〈文学界図書室〉「きちんと」したものたちを葬るということ『もしもし下北沢』」（「文学界」11・1）

加藤典洋「〈本〉薄く荷を負う痕跡としての小説『どんぐり姉妹』」（「新潮」11・1）

清水良典「〈現代ライブラリー〉『どんぐり姉妹』奇妙なサイトを運営する姉妹が出会う奇跡と偶然が生む美しい祈りの歌」（「週刊現代」11・1・8）

永江　朗「〈本バカにつける薬　ベストセラー快読X時間〉『どんぐり姉妹』姉妹の緩やかな日常がいい　濃密な時間じゃ息がつまる」（「アサヒ芸能」11・1・13）

堀越英美「しあわせ読書時間『もしもし下北沢』」（「AERA ウィズ・ベビー」11・2）

対談

吉本ばなな・奈良美智「『ひな菊の人生』」（「Cut」01・1）

吉本ばなな・鏡リュウジ「〈特別対談〉星が知っていること、体が知っていること」（「CREA」01・1）

沼田元氣・吉本ばなな・岳本野ばら「I LOVE 喫茶店。茶のみ友だち座談会　都会では、毎日が喫茶店日和。」（「東京人」02・6）

よしもとばなな・田口ランディ「私たち似てる……よね？」（「新潮」02・12）

よしもとばなな・奈良美智・中島英樹「祝『アルゼンチンババア』完成&よしもとさん御懐妊。そして、さよなら食糧ビル&奈良さん初めてのマイ洗濯機」（「Cut」03・1）

よしもとばなな・原マスミ・仁藤輝夫「ヒットの予感『ムーンライト・シャドウ』装いも新たに再登場！　今この時代を生きる者の〝過去〟を〝未来〟

へとつなぐために新たに甦った名作。」(「ダ・ヴィンチ」03・9)
岡本敏子・よしもとばなな「岡本太郎は生きている!」(「青春と読書」03・12)
よしもとばなな・垂見健吾「好きさー沖縄Special泡盛対談」(「東京ウォーカー」04・5・11)
よしもとばなな・名嘉睦稔「「海のふた」をめぐる対話」(「Switch」04・8)
よしもとばなな・中島英樹・佐藤健「〈今月のこの本にひとめ惚れ〉ひとめ惚れ大賞『海のふた』」(「ダ・ヴィンチ」04・9)
大海赫・よしもとばなな「痛いけど、嘘のない美しさ　多くの人の熱い想いによって復刊された童話大海赫さんの『ビビを見た!』」(「新刊展望」04・9)
よしもとばなな・江原啓之「「幽体離脱」を2人で語ろう　あなたの隣の「見えない世界」の不思議をご開帳」(「文芸春秋」05・2)
よしもとばなな・羽海野チカ「〈コミック　ダ・ヴィンチ　97回〉『ハチミツとクローバー』アニメ化記念対談　私たちが好きだったもの」(「ダ・ヴィンチ」05・5)
アーシア=アルジェント・よしもとばなな「愛し合えるカラダ　愛し合えないあなたへ」(「FRaU」05・5)
河合隼雄・よしもとばなな「いつまでも大人の友情　どうして離れていってしまうんだろう　一心同体の友だちなんて無理」(「AERA」05・7・4)
よしもとばなな・岳本野ばら「〈新春TR(トップランナー)対談〉フィクションのような生き方がいいね!」(「小説宝石」06・4)
江原啓之・よしもとばなな「あなたと大切な人を幸せにする「言葉」の生み方・作り方」(「メイプル」06・5)
よしもとばなな・安野モヨコ「物語の栄養「今を生きる女として物語を作るということ」」(「パピルス」06・6)
西原理恵子・よしもとばなな「〈子育てに正解はあるのか　かあさん対談〉怪獣王国は年中無休　子どもは予測不能な生き物である」(「婦人公論」06・9・22)
よしもとばなな・押井守「〈押井守の二世対談　2回〉「もし娘が金原ひとみだったら、きっと殺し合うと思う」」(「サイゾー」06・12)
よしもとばなな・市川実日子「〈知性のお散歩、私が目覚める本197〉物語が生まれるときを、作家自身が語ります『哀しい予感』」(「フィガロジャポン」06・12・20)

よしもとばなな・江原啓之　「〈プラネット・キャンペーン2007特別対談〉プラネットなエネルギーを受けて輝くためには？」（「マリ・クレール」07・4）

よしもとばなな・田畑浩良・福岡伸一　「スペシャル企画　健康鼎談」（「ソトコト」08・2）

坂本龍一・よしもとばなな・蝶々　「ラブコト　巻頭ケモノラブ鼎談」（「ソトコト臨増」08・9）

曽我部恵一・よしもとばなな　「大人の対談　酒とたばこと男と女　11回」（「TONE」09・5）

よしもとばなな・深沢直人　「〈クリエイティブ・トークセッション〉心に触れる「気づき」を語る」（「AXIS」09・10）

アリシア・ベイ＝ローレル・よしもとばなな　「「死」から見える、本当に大切なことについて」（「Switch」09・12）

よしもとばなな・飯島奈美　「食　ごはんのことばかり話しました　生きる原点はおかあさんの味」（「AERA」10・1・25）

よしもとばなな・飴屋法水　「なんか知りたい、この世の秘密を」（「新潮」10・7）

吉本隆明・よしもとばなな　「〈特別対談〉書くことと生きることは同じじゃないか」（「新潮」10・10）

インタビュー

――「痛みや辛さもないとヒーリングって呼べないと思います」（「ハーパース・バザー」01・1）

――「〈Esky Books〉著者に聞く　自我を消して生まれた異色作と不思議な経験」（「エスクァイア日本版」01・2）

――「〈INTERVIEW〉吉本ばなな1／4　LIFE」（「リトルモア」01・7）

――「〈INTERVIEW〉吉本ばなな2／4　オカルト」（「リトルモア」01・10）

――「〈INTERVIEW〉吉本ばなな3／4　LOVE」（「リトルモア」02・1）

――「〈岡崎京子　インタヴュー〉吉本ばなな　マンガに育てられたマンガ家」（「文芸別冊」02・3・31）

――「〈INTERVIEW〉吉本ばなな4／4　DEATH」（「リトルモア」02・4）

――「フランス映画のような男女の恋のギャップを書いてみたかったんです。」（「ダ・ヴィンチ」02・5）

――「〈カルチャーナビ〉吉本ばななさん『虹』「気がつくと心をマッサージされている。そんな小説を書いていきたい」」（「LEE」02・8）

――「名前と「王国」と子どもの話」（「波」02・9）

―「〈Books〉『王国　その1　アンドロメダ・ハイツ』」（「an・an」02・12）
アレッサンドロ・G・ジェレヴィーニ　「〈味読・愛読　文学界図書室〉『イタリアンばなな』」（「文学界」03・1）
―「〈天才作家たちが10代の魂を描く理由〉『ハゴロモ』ファックスインタビュー」（「ダ・ヴィンチ」03・5）
―「〈特集〉『デッドエンドの思い出』ロング・インタビュー　ドラえもん的しあわせ」（「本の話」03・8）
―「〈ロング・インタビュー〉幸せと不幸せはいつも同じ分量」（「文学界」03・9）
よしもとばなな・榎本正樹　「〈物語を探しに　新刊小説Review&Interview　18回〉『デッドエンドの思い出』私の心の中で酒場っていつでも「袋小路」っていう名前」（「小説現代」03・9）
―「宮崎駿の原点『未来少年コナン』「コナンのこと」FAXインタビュー・世界がよきものであると信じること、コナンに教えてもらった人生観」（「ダ・ヴィンチ」03・12）
―「居場所を失いそうな人に　連作長編小説『王国』をめぐって」（「波」04・2）
―「〈ヒットの予感〉『王国　その2　痛み、失われたものの影、そして魔法』2巻はどうしようもなくダメな時期をどう乗り切るかを描きました」（「ダ・ヴィンチ」04・3）
―「にっぽんの海旅、海宿、海ごはん　よしもとばなながが35年間、通う海。『海のふた』の舞台を語る」（「日経ウーマン別冊」04・7）
―「〈ヒットの予感〉『High and dry（はつ恋）』放っておいても嫌な話が多い今、そうでない普通の人の話を書きました」（「ダ・ヴィンチ」04・9）
―「〈旅の図書館　著者と旅する〉『海のふた』さびれた町が立ち直るために」（「旅」04・10）
―「私の沖縄に対する気持ち『なんくるない』刊行記念　eメールインタビュー」（「波」04・12）
―「〈日本一怖い！　ブック・オブ・ザ・イヤー2005〉子どもが生まれたら書けなくなるに違いないと思って、産休に入る前に切実な気持ちで何冊か書いて」（「別冊SIGHT」04・12）
―「新年から真っ白な気持ちで！　さあ、日記をはじめましょう　よしもとばなな　日記を書くということ」（「MOE」05・1）
―「〈書いた本、読んだ本〉『なんくるない』都会では失われた懐かしい匂いや空気感。沖縄には、それがある」（「日経ウーマン」05・2）

――「〈Book　著者インタビュー〉『なんくるない』沖縄ではいまも人と人との関係がちゃんと成り立っているんです」（「エッセ」05・2）
――「表紙の私　よしもとばなな　あきらめ」（「婦人公論」05・3・7）
――「作家よしもとばなな　子供を持って初めて感じた「自由」」（「マリ・クレール」05・6）
――「「人間は買物ができる動物である」　買物から、快物へ。　よしもとばななさんへ買物に関する、8つの質問。」（「広告」05・9）
――「〈ヒットの予感EX〉岡本敏子×よしもとばなな『恋愛について、話しました。』この本は私にとっては敏子さんと会えた記念というか遺言になってしまいました」（「ダ・ヴィンチ」05・11）
――「気が紛れることのない辛さを生きること　『王国　その3　ひみつの花園』」（「波」05・12）
――「〈新作ガイド〉『なんくるない』疲れた人々はなぜ沖縄に足を運ぶのか　旅行者の目線から描いた沖縄小説集」（「日経エンタテインメント」05・12）
――「20年の軌跡　よしもとばなな　人間の「仕事」」（「Switch 臨増」05・12）
――「〈ブック　インタビュー〉『王国　その3　ひみつの花園』　魔法は日本に歴史的な裏付けがない。だったら日常で活用してる占いかなと」（「東京ウォーカー」05・12・20）
――「〈ごろりでゆるり　BOOK〉よしもとばななと『王国』問答。　職業、この素晴らしいもの。」（「クウネル」06・3）
――「〈ミセスビュー　Book〉著者に、会いに　3回『みずうみ』」（「ミセス」06・3）
――「物語の栄養　日常の力　生きるため、書くために必要な4つのこと」（「パピルス」06・6）
――「〈People〉雑踏のなかで、無色透明になれる街。」（「東京スタイル」06・7）
――「〈カルチャーナビ　Books〉『イルカ』誰もが生き方を自由に選べる時代。その礎を築いた人たちに思いを馳せて……」（「LEE」06・7）
――「〈世界が見たNIPPON〉よしもとばななの作品は〝日出づる国〟で最も西洋的　イタリアでもベストセラー」（「クーリエ・ジャポン」06・8・3）
――「〈抜け出せ！　30歳までに症候群　特別メールインタビュー〉よしもとばななさんがみんなの質問にズバリ答えてくれた」（「MORE」06・9）
――「〈Books AUTHOR、S TALK〉『王国　その3　ひ

みつの花園』　自らの王国に生きる女の子の成長譚」（「CREA」06・11）
――「〈ヒットの予感EX〉『ひとかげ』　こういう内容がいっそう架空の物語ではなくなった時代に心に傷を抱えたふたりの内面をもう少し優しく描きました」（「ダ・ヴィンチ」06・12）
――「〈ネット文学で人を癒す〉縦になるか横になるかぐらいで私の文章は変わらない」（「Voice」07・3）
――「〈ヒットの予感EX〉『チエちゃんと私』彼女たちは、この暮らしがずっと続くことを望んでいる」（「ダ・ヴィンチ」07・4）
――「〈よしもとばななと私たちの20年〉書きたいことはずっと変わっていない」（「AERA」07・6・11）
――「〈ヒットの予感EX〉『まぼろしハワイ』この本は来年出る『ハチ公の最後の恋人』の続編と密かに対になっている小説なんです」（「ダ・ヴィンチ」07・11）
――「〈新しい年の贈りもの〉働いたり。子どもを育てたり。何かで役に立つのが本能じゃないかな。」（「いきいき」08・1）
――「〈今月のBOOKMARK　EX〉『サウスポイント』この本は今の時代の息苦しさに対する答えかもしれない」（「ダ・ヴィンチ」08・6）
――「著者と60分　『サウスポイント』のよしもとばななさん」（「新刊ニュース」08・6）
――「人生は「縁」の育て方しだい　すべては芋づる式につながって　出会いと別れを繰り返し、気づけば新しい私がいる」（「婦人公論」08・6・7）
――「〈インタビュースペシャル〉〝登場人物〟が作者に直撃インタビュー　イタリアが原点の「ばななワールド」」（「週刊読売」08・6・15）
――「〈からだにいいことカフェ　読む・聴く　女を磨くココロサプリ　今月のサプリな著者〉『サウスポイント』」（「からだにいいこと」08・9）
――「〈今月のBOOKMARK〉『彼女について』魂の救済を描き続けてきた作家による渾身の「新境地」」（「ダ・ヴィンチ」09・1）
――「〈文学界図書室　著者インタビュー〉『彼女について』」（「文学界」09・2）
――「永遠の〈藤子・F・不二雄〉藤子・F・不二雄の思い出　私が人生でいちばん初めに影響を受けてしまった人」（「本の窓」09・8）
――「〈30代からの人間関係読本〉正しいことも、まかり通らない、この世の中。人間関係も、自分の常識が通ると思ってはいけない」（「グラツィア」10・2）

――「人間の孤独感や淋しさにそっと寄り添う世界観　よしもとばなな「人生論」」（「pumpkin」10・2）

――「〈「ほぼ日刊イトイ新聞」と作った、吉本隆明特集〉よしもとばななが語る、吉本隆明「あれだけ〝鍛錬〟していたら、それはいい仕事になるでしょう」」（「BRUTUS」10・2・15）

――「〈著者インタビュー〉『ごはんのことばかり100話とちょっと』」（「クロワッサン」10・3・10）

――「『アナザー・ワールド　王国その4』刊行記念インタビュー　3人のゆがんだ親と、無垢な娘のファンタジー」（「波」10・6）

――「〈BOOK　著者インタビュー　novels〉『アナザー・ワールド　王国　その4』　自分らしく、希望を持って。生きにくい時代に光を注ぐシリーズ完結編」（「STORY」10・7）

――「〈カルチャーアットランダム　Book〉『アナザー・ワールド　王国　その4』」（「日経ウーマン」10・7）

――「よしもとばななの幸福論」（「グラツィア」10・8）

よしもとばなな・角田光代　「『どんぐり姉妹』刊行記念特集」（「波」10・12）

（明治大学文学部生）

よしもとばなな　年譜

岡崎晃帆

一九六四（昭和三十九）**年**

七月二十四日、東京都文京区生まれ。本名・吉本真秀子。父は詩人・評論家の吉本隆明、姉は漫画家のハルノ宵子。姉の愛読していたマンガに影響を受け、特に『怪物くん』『オバQ』を好む。絵の上手い姉に代わり自分は小説家を目指す。

一九八〇（昭和五十五）**年**　**十六歳**

文京区立第八中学校卒業。

一九八三（昭和五十八）**年**　**十九歳**

東京都立板橋高等学校卒業。

一九八七（昭和六十二）**年**　**二十三歳**

日本大学芸術学部文芸学科卒業。卒業制作の「ムーンライト・シャドウ」で芸術学部長賞を受賞。十一月、「キッチン」で第六回海燕新人文学賞を受賞。

一九八八（昭和六十三）**年**　**二十四歳**

一月、『キッチン』（福武書店）刊行。十月、『キッチン』で第十六回泉鏡花文学賞を受賞。十二月、『哀しい予感』（角川書店）、『ホーリー』（KADOKAWA GREETING BOOK、角川書店）刊行。大学卒業後アルバイトとして働いていた喫茶店が閉店し、作家専業となる。

一九八九（平成元）**年**　**二十五歳**

二月、『キッチン』および『うたかた／サンクチュアリ』で八十八年度第三十九回芸術選奨文部大臣新人賞を受賞。三月、『TUGUMI』（中央公論社）刊行。五月、『TUGUMI』で第二回山本周五郎賞を受賞。七月、『白河夜船』（福武書店）刊行。九月、『パイナップリン』（角川書店）、『僕の話を聞いてくれ―ザ・ブルーハーツ I LOVE』（リトル・モア）に「I LOVE ザ・ブルーハーツ」を収録。十月、『うたかた／サンクチュアリ』（福武書店）刊行、映画「キッチン」（鈴木光企画・製作、森田芳光監督・脚本）公開。

一九九〇（平成二）**年**　**二十六歳**

一月、『三角宇宙』（谷川俊太郎・高田宏との共著、青龍社）刊行。九月、対談集『FRUITS BASKET』（福武書店）刊行。十月、映画「つぐみ」（市川準監督・脚本）公開、『映画つぐみ―シナリオ&フォト』（市川準シナリオ、笹田和俊写真、中央公論社）刊行。十二月、『N・P』（角川書店）刊行。

一九九一（平成三）**年**　**二十七歳**

一月、『Songs from Banana note』（Switch library、スイッチ・コーポレーション書籍出版部、扶桑社）刊行。九月、『哀しい予感』（角川文庫）刊行。十月、『キッチン』（福武文庫）刊行。十一月、『うたかた／サンクチュアリ』（福武文庫）刊行。十二月、『中吊り小説』（新潮社）に「新婚さん」を収録。

一九九二（平成四）**年**　**二十八歳**

一月、『パイナツプリン』（角川文庫）、『日々のこと』（学習研究社）刊行。二月、『白河夜船』（福武文庫）刊行。三月、『TUGUMI』（中公文庫）、『吉本ばななインタヴュー集』（リトル・モア）刊行。十一月、『N・P』（角川文庫）刊行。

一九九三（平成五）**年**　**二十九歳**

二月、『バイトの達人』（日本ペンクラブ編、福武文庫）に「青い夜」を収録。四月、『とかげ』（新潮社）、『〈現代ホラー傑作選〉魔法の水』（村上龍編、角川ホラー文庫）に「らせん」を収録。六月、『N・P』でイタリアのスカンノ賞を受賞。七月、英語版『KITCHEN』（Megan Backus 訳、福武書店）刊行。九月、『FRUITS BASKET』（福武文庫）刊行。十一月、『死−（マイナス）怨念14＝妖気―幻想・怪奇名作選』（倉橋由美子他著、ペンギンカンパニー）に「ある体験」を収録。

一九九四（平成六）**年**　**三十歳**

一月、『アムリタ　上』『アムリタ　下』（福武書店）、対談集『ばななのばなな』（メタローグ）刊行。四月、『マリカの永い夜／バリ夢日記』（幻冬舎）刊行。九月、『夢について』（幻冬舎）刊行。十月、『ハチ公の最後の恋人』（一時間文庫、メタローグ）刊行。十二月、『中吊り小説』（新潮文庫）、『不思議な三角宇宙』（谷川俊太郎・高田宏との共著、広済堂出版）刊行。

一九九五（平成七）**年**　**三十一歳**

二月、『キッチン』（拡大写本「ルーペの会」）刊行。四月、『B級Banana―吉本ばなな読本』（福武文庫）刊行。八月、『アムリタ』で第五回紫式部文学賞を受賞。十一月、『パイナップルヘッド』（幻冬舎）刊行。十二月、『スピリチュアル・セッション―見えない世界が視えてくる』（「たま」編集部編、たま出版）に「前世」を収録。

一九九六（平成八）**年**　**三十二歳**

三月、イタリアのフェンディッシメ文学賞第一回アンダー35賞を受賞。四月、『SLY』（幻冬舎）刊行。六月、新装版『ハチ公の最後の恋人』（中央公論社）、『とかげ』（新潮文庫）刊行。八月、父・隆明が西伊豆で遊泳中に溺れ一時危篤状態となる。十月、『海燕』新人文学賞全受賞作品―1982～1996』（干刈あがた他著、ベネッセコーポレーション）に「キッチン」を収録。十二月、『村松友視からはじまる借金の輪』（村松友視他著、角川文庫）に「吉本ばななさんから佐藤公彦さんへ借金依頼」を収録。

一九九七（平成九）**年　三十三歳**

一月、『アムリタ　上』『アムリタ　下』（角川文庫）刊行。二月、『吉本隆明×吉本ばなな』（吉本隆明との共著、ロッキング・オン）刊行。四月、『〈世界の旅1〉マリカのソファー／バリ夢日記』（幻冬舎文庫）刊行。八月、『日々のこと』『夢について』（幻冬舎文庫）刊行。十二月、『ハネムーン』（中央公論社）、『うたかた／サンクチュアリ』（角川文庫）刊行、映画「Kitchen」（イム・ホー監督・脚本、日本・香港合作）公開。

一九九八（平成十）**年　三十四歳**

四月、『白河夜船』（角川文庫）刊行。六月、『キッチン』（角川文庫）刊行。八月、『ハチ公の最後の恋人』（中公文庫）、『パイナップルヘッド』（幻冬舎文庫）刊行。

一九九九（平成十一）**年　三十五歳**

四月、『ハードボイルド／ハードラック』（ロッキング・オン）、『〈世界の旅2〉SLY』（幻冬舎文庫）刊行。五月、『B級Banana―吉本ばなな読本』（角川文庫）刊行。八月、イタリアのマスケラダルジェント賞（銀のマスク賞）を受賞。

二〇〇〇（平成十二）**年　三十六歳**

三月、『不倫と南米』（幻冬舎）刊行。七月、『ハネムーン』（中公文庫）刊行。八月、入籍はせず挙式のみで結婚。九月、『不倫と南米』で第十回ドゥマゴ文学賞を受賞。『体は全部知っている』（文藝春秋）刊行。十月、『ばななブレイク』（幻冬舎）刊行。十一月、『〈吉本ばなな自選選集1〉オカルト』（新潮社）、『ひな菊の人生』（奈良美智絵、ロッキング・オン）刊行。十二月、『〈吉本ばなな自選選集2〉ラブ』（新潮社）刊行。

二〇〇一（平成十三）**年　三十七歳**

一月、『〈吉本ばなな自選選集3〉デス』（新潮社）刊行。二月、『〈吉本ばなな自選選集4〉ライフ』（新潮社）刊行。七月、『本日の、吉本ばなな。』（Shincho mook、新潮社）刊行。八月、『ハードボイルド／ハードラック』（幻冬舎文庫）刊行。

二〇〇二（平成十四）**年　三十八歳**

四月、『YOSHIMOTOBANANA.COM』（幻冬舎）、『なるほどの対話』（河合隼雄との共著、NHK出版）刊行。五月、『虹』（幻冬舎）刊行。筆名を「吉本ばなな」から「よしもとばなな」に改名。七月、『キッチン』（新潮文庫）刊行。八月、『王国　その1　アンドロメダ・ハイツ』（新潮社）刊行。十月、『〈yoshimotobanana.com 2〉怒りそしてミルクチャンの日々』（幻冬舎）、『アムリタ　上』『アムリタ　下』『白河夜船』『うたかた／サンクチュアリ』（新潮文庫）刊行。十一月、『イタリアンばなな』（アレッサンドロ・G・ジェレヴィーニとの共著、生活人新書、NHK出版）刊行。十二月、『バナタイム』（マガジンハウス）、『アルゼンチンババア』（奈良美智絵・写真、ロッキング・オン）、『体は全部知っている』（文春文庫）刊行。

二〇〇三（平成十五）**年　三十九歳**

一月、『ハゴロモ』（新潮社）刊行。二月、長男を出産。七月、『ムーンライト・シャドウ』（マイケル・エメリック訳、原マスミ絵、朝日出版社）、『デッドエンドの思い出』（文藝春秋）刊行。八月、『〈世界の旅3〉不倫と南米』（幻冬舎文庫）刊行。十一月、『〈yoshimotobanana.com〉よしもとばななドットコム見参！』（新潮文庫）、『〈yoshimotobanana.com 2〉ミルクチャンのような日々、そして妊娠!?』（新潮文庫）、『〈yoshimotobanana.com 3〉子供ができました』（新潮文庫）刊行。十二月、『日々の考え』（リトル・モア）刊行。

二〇〇四（平成十六）**年　四十歳**

一月、『王国　その2　痛み、失われたものの影、そして魔法』（新潮社）刊行。六月、『海のふた』（ロッキング・オン）刊行。七月、『〈yoshimotobanana.com 4〉こんにちは！赤ちゃん』（新潮文庫）、『High and dry（はつ恋）』（文藝春秋）刊行。八月、『発見』（幻冬舎文庫）刊行。十一月、『〈yoshimotobanana.com 5〉赤ちゃんのいる日々』（新潮文庫）、『なんくるない』（新潮社）刊行。

二〇〇五（平成十七）**年　四十一歳**

一月、『感じて。息づかいを。』（川上弘美選、光文社文庫）に「とかげ」を収録、『恋愛小説』（川上弘美他著、新潮社）に「アンティチョーク」を収録。三月、『〈yoshimotobanana.com 6〉さようなら、ラブ子』（新潮文庫）刊行。四月、『〈世界の旅4〉虹』（幻冬舎文庫）刊行。六月、『News from Paradise―プライベートフォト&エッセイ』（パトリス・ジュリアンとの共著、碓井洋子訳、大誠社）刊行。七月、『〈yoshimotobanana.com 7〉引っこしはつらいよ』（新潮文庫）刊行。八月、『ばなながブレイク』（幻冬舎文庫）刊行。九月、『なるほどの対話』（新潮文庫）刊行。十月、『恋愛について、話しました。』（岡本敏子との共著、イースト・プレス）刊行。十一月、『王国　その3　ひみつの花園』（新潮社）刊行。十二月、『〈yoshimotobanana.com 8〉美女に囲まれ』（新潮文庫）、

『みずうみ』（フォイル）刊行。

二〇〇六（平成十八）**年　四十二歳**

二月、『バナタイム』（幻冬舎文庫）刊行。三月、『イルカ』（文藝春秋）刊行。四月、『なんくるなく、ない―沖縄（ちょっとだけ奄美）旅の日記ほか』（新潮文庫）、『〈集団読書テキスト〉ムーンライト・シャドウ』（全国学校図書館協議会）、『ひな菊の人生』（幻冬舎文庫）刊行。六月、『海のふた』（中公文庫）、『人生の旅をゆく』（NHK出版）刊行。七月、『デッドエンドの思い出』（文春文庫）、『ハゴロモ』（新潮文庫）刊行。八月、『アルゼンチンババア』（幻冬舎文庫）刊行。九月、『ひとかげ』（幻冬舎）刊行。十二月、『哀しい予感』（幻冬舎文庫）刊行。

二〇〇七（平成十九）**年　四十三歳**

一月、『〈yoshimotobanana.com 9〉ついてない日々の面白み』（新潮文庫）、『〈はじめての文学〉よしもとばなな』（文藝春秋）、『〈ほぼ日ブックス〉ベリーショーツ―54のスマイル短編』（東京糸井重里事務所）、『チエちゃんと私』（ロッキング・オン）刊行。三月、『恋愛小説』（新潮文庫）刊行、映画「アルゼンチンババア」（長尾直樹監督・脚本）公開。六月、『なんくるない』（新潮文庫）刊行。七月、『High and dry（はつ恋）』（文春文庫）、『女ですもの』（内田春菊との共著、ポプラ社）刊行。九月、『まぼろしハワイ』（幻冬舎）刊行。十二月、『〈yoshimotobanana.com 2006〉愛しの陽子さん』（新潮文庫）刊行。

二〇〇八（平成二十）**年　四十四歳**

四月、『サウスポイント』（中央公論新社）刊行。五月、『〈yoshimotobanana.com 2007〉なにもかも二倍』（新潮文庫）刊行。八月、『きみが見つける物語―十代のための新名作　友情編』（坂木司他著、角川文庫）に「あったかくなんかない」を収録、『ひとかげ』（幻冬舎文庫）刊行。十一月、『イルカ』（文春文庫）、『彼女について』（文藝春秋）刊行。十二月、『みずうみ』（新潮文庫）刊行。

二〇〇九（平成二十一）**年　四十五歳**

一月、『超スピリチュアル次元ドリームタイムからのさとし』（ウィリアム・レーネンとの共著、伊藤仁彦訳、徳間書店）刊行。四月、『女ですもの』（ポプラ文庫）、『〈yoshimotobanana.com 2008〉はじめてのことがいっぱい』（新潮文庫）、『チエちゃんと私』（文春文庫）、『人生の旅をゆく』（幻冬舎文庫）刊行。七月、『光のアカシャ・フィールド―超スピリチュアル次元の探求』（ゲリー・ボーネルとの共著、徳間書店）、『みじかい眠りにつく前に3』（金原瑞人編、ピュアフル文庫、ジャイブ）に「血と水」を収録。八月、『日々の考え』（幻冬舎文庫）刊行。十月、『Q人生って?』（幻冬舎）刊行。十二月、『ごはんのことばかり100話とちょっと』（朝日新聞出版）刊行。

二〇一〇（平成二十二）**年　四十六歳**

二月、『女子の魂！―ジョシタマ』（蝶々との共著、マガジンハウス）刊行。三月、『王国　その1』『王国　その2』『王国　その3』（新潮文庫）刊行。四月、『〈yoshimotobanana.com 2009〉大人の水ぼうそう』（新潮文庫）刊行。五月、『王国　その4　アナザー・ワールド』（新潮社）刊行。九月、『もしもし下北沢』（毎日新聞社）刊行。十一月、『どんぐり姉妹』（新潮社）刊行。

二〇一一（平成二十三）**年　四十七歳**

四月、『〈yoshimotobanana.com 2010〉もりだくさんすぎ』（新潮文庫）刊行。

（明治大学文学部生）

現代女性作家読本 ⑬
よしもとばなな
発　行――二〇一一年六月三〇日
編　者――現代女性作家読本刊行会
発行者――加曽利達孝
発行所――鼎　書　房　http://www.kanae-shobo.com
〒132-0031　東京都江戸川区松島二-一七-二
TEL・FAX　〇三-三六五四-一〇六四
印刷所――イイジマ・互恵
製本所――エイワ
表紙装幀――しまうまデザイン
ISBN978-4-907846-83-1　C0095

現代女性作家読本

（第一期・全10巻・完結）

原　善編「**川上弘美**」
髙根沢紀子編「**小川洋子**」
川村　湊編「**津島佑子**」
清水良典編「**笙野頼子**」
清水良典編「**松浦理英子**」
与那覇恵子編「**髙樹のぶ子**」
髙根沢紀子編「**多和田葉子**」
川村　湊編「**柳美里**」
原　善編「**山田詠美**」
与那覇恵子編「**中沢けい**」

（第二期・全10巻）

刊行会編「**江國香織**」
〃「**長野まゆみ**」
〃「**よしもとばなな**」

別巻②
立教女学院短期大学編「**西加奈子**」

【続刊】（書目の変更もあります）

刊行会編「恩田陸」
〃「宮部みゆき」
〃「角田光代」
〃「林真理子」
〃「桐野夏生」
〃「山本文緒」
〃「板東眞砂子」